KB273832

젠더 논쟁을
위한
혀 체조

Eine Zungengymnastik
für die
Genderdebatte

젠더 논쟁을 위한 혀 체조

Eine Zungengymnastik
für die
Genderdebatte

Yoko Tawada

다와다 요코 지음
정항균 옮김

미간행본

차례

일러두기

1. 단행본과 정기간행물은 겹낫표(『 』)로, 논문과 단편소설과 시는 홑낫표(「 」)로, 그림과 오페라와 영화 등은 홑화살괄호(〈 〉)로 묶었다.
2. 외래어 표기는 국립국어원 원칙을 따르되 일부 관례로 굳어진 것은 예외로 두었다.
3. 각주는 모두 옮긴이의 것이다.
4. 본문에 언급된 외국 작품은 국내에 번역된 경우 가급적 해당 제목을 따라 표기했다.

젠더 논쟁을 위한 혀 체조

젠더 논쟁을 위한 혀 체조

우리는 보통 여성적인 혀도 남성적인 혀도 없다고 생각합니다. 피어싱조차 혀에 젠더적 의미를 부여하지는 않죠. 반면 귀걸이는 유럽과 아시아에서 오랫동안 여성적인 것으로 여겨져왔고, 립스틱을 바르는 것도 오늘날까지 주로 여성들이죠. 혀만큼 젠더 중립적이면서도 에로틱한 함의를 지닌 신체 기관은 없어요.

벌거벗고 축축한 혀의 표면은 폐나 위 같은 내장 기관의 표면을 떠올리게 합니다. 그런 기관들은 대개 신체의 내밀한 공간에 감춰져 있죠. 하지만 혀는 자신을 스스럼없이 드러냅니다. 우리는 적어도 혀를 숨기려 하지 않지요. 마치 차단기를 올리듯 입 앞에 손을 올리는 모습은 오늘날 언론 자유의 억압을 상징하기도 합니다. 독재자 앞에서는 입을 다물고 있는 것보다 혀를 내미는 편이 낫죠.

그런데 피처럼 붉고 축축한 이 기관은 우리 생명

체의 내부에 속할까요 아니면 외부에 속할까요?

오늘날 성전환*에 대한 소망이 화장, 장신구, 헤어스타일 또는 의상의 도움만으로 이루어지는 것이 아니라, 비교적 빠르게 호르몬 치료나 성전환 수술을 목표로 삼는다는 사실은 의학의 발전만으로는 설명될 수 없을 거예요. 저는 여기서 인식의 변화, 특히 자신의 몸 내부 공간과 외부 공간 사이 경계의 변화를 목격합니다. 변신에 대한 소망은 내부와 외부 사이의 불일치로 인한 불쾌감에서 비롯하죠. '외부'는 양파처럼 여러 겹의 무한한 층으로 이루어져 있습니다. 정신분석학에서 내부는 억압된 기억들로 이루어져 있고, 외부는 그 기억들이 증상이나 꿈을 통해 표현된 것일 거예요. 페미니즘에서 외부 세계는 가부장 사회를 의미하고, 최근 성전환 운동에서는 변화

---

*   요즘에는 '성전환' 대신 '성확정'이라는 표현을 주로 사용한다. '성전환'은 한 성을 다른 성으로 바꾼다는 뜻인데, 트랜스젠더 당사자들은 자신의 성을 바꾸는 것이 아니라 이미 자신 속에 존재하는 본래의 성 정체성을 확인하고 확정하는 것이라고 생각한다. 이러한 표현은 개인의 성 정체성을 인정하고 존중하는 의미를 갖는다. 하지만 다와다 요코가 이 텍스트에서 '성전환'이라는 용어를 사용하고 있을 뿐만 아니라, 젠더를 고정된 정체성이 아니라 끊임없이 '되기' 속에서 변하는 것으로 간주하기 때문에 '성확정'이라는 용어를 번역어로 채택하지 않았다.

해야 하고 변화할 수 있는 자신의 '잘못된' 몸을 가리킵니다.

'잘못된 몸으로 태어났다'라는 비유는 최근 수십 년 동안 급속히 퍼져나갔어요. '트랜스젠더'에 관한 거의 모든 다큐멘터리 영화는 이 언어 이미지를 사용하고 있죠. ('트랜스'라는 단어는 본래 형용사로서 외래어이기 때문에 어미변화를 하지 않아야 합니다. 하지만 '연보라 꽃'[†]이라는 표현을 문체상 어색하게 느껴서 늘 '연보라색의 꽃'[‡]이라고 말하는 저 같은 사람은 '트랜스trans'와 '젠더Person' 사이의 틈[§]을 견딜 수 없어 지금은 널리 퍼진 '트랜스젠더Transperson'라는 단어를 사용하죠. 문법적으로 정확하지 않은 여러 단어가 지난 몇 년간 정식으로 자리를 잡았어요. '트랜스 여성'과 '트랜스 남성'이라는 단어도 똑같은 경우죠.) 그 언어 이미지가 많은 사람에게 친숙할 수도 있을 거예요. 많은 사람이 '잘못된' 몸 안에서 산다는 느낌을 알고 있기 때문이죠. 그런 몸은 지나치게 살이 쪘거나, 너무 늙었

[†] 독일어로는 'lila Blume'라고 하는데, 이 경우 외래어인 형용사 'lila'는 수식적인 기능을 갖는 일반 형용사와 달리 어미변화를 하지 않는다.

[‡] 독일어로는 'lilafarbige Blume'로 여기서는 형용사가 어미변화를 한다.

[§] 'trans Person'이라고 쓸 때 'trans'와 'Person' 사이의 틈, 즉 공백을 의미한다.

거나 너무 보잘것없다는 거예요. 그래서 모두가 그런 몸을 교정해도 좋거나, 교정해야만 하죠. 자신을 최적화해야 하는 사회에서는 몸 역시 이상적인 방향으로 개선되어야 합니다. 잘못된 몸을 교정하는 것은 경제를 활성화하죠. 저는 가까이에 있는 쇼핑가로 나가면, 가장 많이 팔린 상품이 '자기 최적화'라는 사실에 놀랍니다. 옷 가게, 헬스장, 미용실, 약국, 네일숍, 요가원, 태닝숍, 코칭존과 같은 곳들이 바로 그것이죠.

다양한 형태의 몸이 전시되는 광고를 여기저기서 볼 수 있습니다. 저는 다양성을 받아들이고 그 아름다움을 이해하려는 좋은 의도를 이해해요. 하지만 제 혀끝에는 씁쓸한 뒷맛이 남아 있어요. 네 가지 피부색을 마치 팔레트 위 색상처럼 늘어놓은 어느 미국 광고를 보았을 때와 같은 느낌이 들었죠. 물론 인간의 피부색은 네 가지 이상입니다. 아메리카 원주민의 피부색은 결코 붉지 않고, 일본인의 피부색도 절대로 노랗지 않다는 사실은 차치하더라도 말이죠. 우리는 다양성 정치를 옹호하기 위해 이런 식으로 스스로를 범주화해야만 하는 걸까요? 바로 이런 목록화 사고방식이 다양성에 반감을 느끼는 사람들의 이데올로기를 뒷받침하게 되는 건 아닐까요? 그들은 자신이 '하얗다'고 말합니다. 하지만 종이처럼 새하얀 사람은 없어요. 혹시 라이프치히 사람은 책의 도시 출신이라서 하얀 걸까요? 아니면 슬로베니아 사람은 유럽에서 종이를 가장 많이 생산하기 때문에 하얀 걸까요?

다양성의 비전을 드러내고 지지하기 위해 꼭 H, L, G, B, T, Q* 같은 문자 중 하나로 자신을 분류해야만 하나요?

아름다운 몸을 꿈꾸며 자신의 몸을 가꾸는 일은 새로운 현상이 아니에요. 단순한 몸 관리만으로도 우리는 더 이상 자연 그대로의 모습으로 보이지 않죠. 그래서 신체를 변형하는 행위는 건강에 해롭지만 않다면 평범하고 무해한 일일 수 있어요. 그런데 왜 '잘못된 몸으로 태어났다'는 생각이 마치 잘못된 가정에 태어났다고 믿는 아이의 한숨처럼 슬프게 들리는 걸까요?

* 각각 성 정체성의 다양한 범주를 지칭하는 단어들의 머리글자다. H: Heterosexual, L: Lesbian, G: Gay, B: Bisexual, T: Transgender, Q: Queer 또는 Questioning.

1970년대에 청소년이었던 저는 치마를 입고 싶지 않았어요. 그렇다고 여자아이가 되고 싶지 않다고 생각한 건 아니었어요. 제가 트랜스젠더와 인터뷰할 때 자주 접하는 이야기 패턴이 있어요. "지금 돌이켜보면, 저는 인형 놀이를 전혀 하고 싶지 않았고 늘 축구를 하고 싶었죠." 아이의 의지는 깊은 성찰이나 이데올로기의 영향 없이 밝힌 것이기에 훗날 믿을 만한 증거로 인용됩니다.

저는 친척에게 선물로 받은 일본판 바비 인형인 '리카짱'을 거부하지 않았어요. 그 인형을 연극 놀이를 할 때 사용하던 피규어 부대에 포함했죠. 그 피규어 부대에는 (길에서 주운) 공룡, (약국에서 손님에게 선물해준) 개구리, (제가 직접 종이로 오려 만든) 작은 곰이 이미 있었어요. 일본 바비 인형은 그 부대와 잘 어울리지 않았지만, 그래도 받아들여졌죠.

저는 한 번도 저를 바비 인형과 동일시한 적이 없어요. 그렇다고 개구리와 동일시한 적도 없죠. 비록 개구리가 바비 인형보다는 저에게 더 친숙하게 느껴졌지만요. 저는 대체로 이 피규어들로 하는 연극의 연출가인 것에 만족했어요. 하지만 동시에 사건 전개를 결정할 수도 있었기 때문에 일종의 연극 대본을 쓰는 작가이기도 했죠. 여러 젠더가 동시에 등장하는 연극 무대가 저의 첫 번째 젠더 무대였던 것 같아요.

우선적으로 제 관심을 끄는 것은 연출되고 인식되는 더 작고 표면적이며 일시적인 차이들이에요. 한 사람이 어떤 성기를 가지고 있는지는 겉으로 봐서는 알 수 없으니까요. 그보다는 피부의 표면, 예를 들면 다리의 피부가 훨씬 더 중요합니다. 거기에 털이 있는지 아니면 없는지 말이에요. 요즘에는 영장류 동물과 너무 비슷해 보일까 봐 두려워서 온몸을 열심히 면도하는 사람들도 있어요. 특히 여성이 남성보다 그런 두려움을 더 크게 느끼는 편이죠. 정확히 말하면, 남성은 여성에게서 드러나는 동물적 면모를 두려워하고, 여성은 남성에게 약간의 야생성이 양념처럼 존재하는 것이 괜찮다고 은밀히 생각하는 거예요. 그렇지 않은 남성은 너무 매끈하거나 밋밋해 보일 수 있다는 거죠. 여기서 말하는 '여성'이나 '남성'이라는 표현은 물론 생물학적인 의미가 아닙니다.

사람들이 몸에 얼마나 많은 털을 갖기 원하는지, 혹은 어느 정도까지 받아들일 수 있는지의 문제는 시대와 문화에 따라 달라져요. 그래서 우리는 이러한 현상을 느긋하게 일시적인 유행으로 바라볼 필요가 있어요. 1980년대 독일의 여름에는 사람들의 몸에 털이 지금보다 더 많이 보였어요. 적어도 제가 함부르크에서 대학을 다니며 관찰한 바로는 그랬어요. 그에 비해 그 당시 도쿄 시민들의 몸에는 털이 더 적었죠. 성적 특징의 연출은 다른 성과의 관계 속에서만 작동하며, 그로 인해 상상된 다른 성의 존재를 의식하게 만듭니다.

문득 함부르크의 전철 안에서 있었던 한 장면이 떠오르네요. 한 젊은 남자가 맞은편에 앉아 있던 여자에게 말했죠. "다리털 좀 밀고 다녀!" 그러자 그녀는 당시에 흔히 볼 수 있었던, 페미니스트 특유의 쾌활함을 잃지 않고 당당하게 받아쳤어요. "네 다리털이나 밀어!" 그런데 저는 왜 이런 장면이 오늘날에는 더 이상 일어날 수 없을 거라고 생각하게 된 걸까요?

여성의 다리와 남성의 다리에 대한 관념은 빠르게 변하고 문화마다 다릅니다. 우리는 자기결정권을 주장하지만, 언제 어디에서 태어날지조차 스스로 결정할 수 없어요. 나중에 자신에게 부여된 성별을 수

정할 수 있다 해도, 우리에게 주어진 건 그저 특정한 시간과 장소에서 여성적 혹은 남성적으로 간주되는 것들 사이의 아주 제한된 선택권뿐이에요.

하지만 제약이 있다는 점에는 나름의 긍정적인 면이 있어요. 선택할 수 있는 범위가 그리 크지 않고 제한된 것처럼 보여서, 생식과 아무런 관련이 없는 작은 신체 부위조차도 젠더를 강하게 드러낼 수 있거든요. 예를 들면 속눈썹이 그래요. 여성과 남성의 속눈썹 차이는 크지 않고 무엇보다 선천적이지도 않아요. 여성이 자신의 속눈썹을 있는 그대로 내버려두고 인위적으로 강조하지 않는다면, 오늘날의 시선에서 그 눈은 여성스럽지 않다고 평가될 수 있을 거예요. 반대로 이성애자인 성인 남성에게 너무 긴 속눈썹은 문제가 될 수도 있겠죠. 제가 지금 이야기하려는 에피소드는 몇 년 전의 일이에요. 한 여자 친구의 남편이 안약을 사용하고 나서 갑자기 속눈썹이 길고 짙어졌어요. 처음엔 그가 엘비스 프레슬리를 떠올리게 하는 자신의 새로운 속눈썹을 꽤 즐기는 듯 보였어요. 하지만 곧 그는 자신이 "오해받을" 수 있겠다는 생각에 덜컥 겁을 먹었죠. 저는 그가 "오해받을 수 있다"고 말했을 때 그게 무슨 뜻인지 처음에는 잘 몰랐어요. 그래서인지 그 깨달음이 더 큰 충격으로 다가왔어요. 그 이성애자 남성은 자신의 몸이 남성들에게도 매력적으로 보일 수 있는 신호를 보낼까 봐 두려워한 것이었죠. 이런 일은 언제든지 일어날 수 있어요. 인간의 몸은 안약 없이도 남성과 여성 사이의 인위적 경계를 가볍게 넘기 때문이죠. 한 남자의 얼굴에 있는 부드럽고 살짝 곱슬거리는 머리카락이나, 매운 태국 음식을 먹고 나서 새빨개진 입술은 분명 여성적으로 여겨질 만한 매력을 가질 수 있어요. 그래서 어떤 경우에도 오해받고 싶지 않은 사람들은 안타깝게도 늘 신경을 곤두세우고 살아야 하며, 심지어 그중에는 '오해'를 피하기 위해 게이 혐오적인 농담을 하는 겁쟁이들도 있어요. 전형적인 자기방어죠. 하지만 저는 궁금해요. 오해받는 것이 그렇게 나쁜 일일까요? 우리의 몸은 늘 오해받기 마련이고, 바로 그 착각과 혼란 속에서 몸의 매력이 더 커지는 법인데요.

속눈썹이 늘 '여성만의 관심사'였던 것은 아니고, 아마 앞으로도 꼭 그렇게만 여겨지지는 않을 거예요.

『데어 슈탄다르트Der Standard』*의 2021년 7월 6일 자 기사에는 다음과 같은 내용이 실려 있습니다. "고대 이집트에서, 나중에는 고대 그리스와 로마에서도 석탄과 그을음을 이용해 속눈썹을 검게 칠하는 일이 흔했다. 그래서 화장을 지우는 게 보통 일이 아니었을 것이다. 그런데 고대에 유행한 화장에는 미학적 이유만 있었던 것은 아니다. 예를 들어 고대 이집트인들은 이렇게 하면 악령들을 물리칠 수 있을 거라고 믿었다. 그래서 심지어 신생아의 속눈썹까지 검게 칠했던 것이다."

이 기사 서두에는 남성들도 함께 당사자로 언급됩니다. 물론 괄호 속에 삽입되어 있긴 하지만요. "수천 년 전부터 아름다움에 많은 관심을 기울인 여성들(그리고 남성들)에게 매력적인 속눈썹은 노력을 기울일 만한 가치가 있는 것이었다. 그리고 모든 이상적인 아름다움이 그렇듯, 이 경우에도 다음과 같은 말이 통용된다. 그런 이상적인 아름다움을 타고나지 못한 사람은 아마도 어떤 트릭을 써야 할 것이다!"

오늘날 남성용 마스카라가 존재한다는 사실에 놀

* 오스트리아의 대표적인 일간지다.

라는 사람은 아마 아무도 없을 거예요. 이런 제품 광고는 '트랜스'나 '호모섹슈얼' 같은 특정한 정체성을 언급하지 않고도 대상 집단에 자연히 다가가고 있죠. "우리의 표현력이 풍부한 마스카라라는 근본적인 변화를 두려워하지 않는 남성들을 위해 만들어졌습니다"라고 하면서요.

하필이면 마스카라 같은 일시적이고 외면적인 것을 통해 근본적인 무언가가 바뀌려 하고 있습니다. 최근의 젠더 혁명에는 사실 좋은 의미에서 피상적인 면이 있어요. 이런 혁명은 인간의 외모를 진지하게 받아들여 몸의 표면, 언어의 표면, 심지어 화장실 문의 표면까지도 바꾸려 합니다. 질이나 자궁마저 표면으로 드러나는데, 개인이 결정할 수 있게 되었고, 속눈썹처럼 수술용 칼을 이용해 바꿀 수 있게 되었다는 점에서 그렇죠.

눈동자 자체는 여성적으로도, 남성적으로도 보이지 않는다는 사실이 늘 저를 매혹합니다. 그런데 우리는 눈동자에서 나오는 바로 그 빛이 강한 성적 매력을 발산한다고 굳게 믿고 있죠. 마릴린 먼로는 그것이 사실이 아니라는 걸 알고 있었어요. 그녀의 사진을 몇 장 살펴보면, 우리가 그녀의 눈빛이라고 인식하는 것은 사실 속눈썹의 선일 뿐이에요. 눈은 감기다시피 해서 거의 보이지 않으니까요.

일본에서는 20세기 초반에 처음 마스카라가 수입되었어요. 처음에는 단지 여자 배우들만 마스카라를 사용했지요. 1937년이 되자 일반 여성도 마스카라를 구입할 수 있게 되었어요. 하지만 2차 세계대전으로 인해 마스카라는 곧 다시 사라져버렸어요. 사람들이 다시 열심히 화장을 하던 전후 시기와 이른바 경제 기적의 시대에는 눈 화장이 오히려 부적절한 것으로 여겨졌고, 심한 경우 나쁜 평판을 불러오기도 했습니다. 21세기에 들어서야 '메지카라目力(눈의 힘)'라는 말이 유행했고, 눈 화장도 더 진해졌죠. 그런데 '메지카라'라는 단어는 여성에게만 관련된 것이 아니고, 눈의 에로틱한 매력을 뜻하는 것도 아니에요. 이 말은 오히려 눈매의 강한 인상과 표현력을 가리키죠. 이 단어와 비슷한 의미를 지닌, 더 오래된 표현인 '간리키眼力'는 예를 들어 전통 가부키에서 눈에 띄는 눈 화장('메바리目張り'/'구마도리隈取')을 통해 뒷받침됩니다. 가부키에서는 오직 남자 배우들만 무대에 올라 여성 배역까지 모두 맡습니다. 남성

구마도리

인물은 여성 인물보다 눈을 더 진하게 강조하고, 화장으로 눈매를 더욱 뚜렷하게 꾸미죠. 그래서 관객들은 대부분 속눈썹을 따로 알아차리지 못해요.

여성 배역을 전문적으로 맡았던 생물학적 남성인 배우들('온나가타女形')은 일상에서도 자신의 젠더 역할을 연습합니다. 하지만 여성과 결혼하거나 아이를 낳아서는 안 된다고 강요받지는 않죠. 이들은 수술은 물론, 호르몬 치료도 받지 않아요. 오히려 식사할 때 젓가락을 남성스럽게가 아니라 여성스럽게 드는 방식으로 여성성을 표현하죠. 일본어 표현 '하시노 아게사게箸の上げ下げ'는 문자 그대로 번역하면 '젓가락을 들어 올리고 내리는 것'을 뜻하며, 일상에서 결코 가볍게 넘길 수 없는 작은 몸짓 하나하나를 의미해요. 마그누스 히르쉬펠트는 일본에 머무는 동안, 전통 가부키에서 여성 배역을 맡은 남자 배우들에게 관심을 보이며 이들을 세 가지 범주로 나누려고 했습니다. 직업적 이유로 여성 역할을 연기한 이성애자, 크로스드레서, 동성애자로요.[1] 이 분류는 부적절할 수도 있어요. 이 연극 형식은 동성애가 이성애자인 남성들에게 이상한 것이 아니라, 다른 시대보다 더 흔했고 특정한 상황에서는 심지어 규범으로 여겨

〈사기무스메鷺娘(백로 아가씨)〉, 온나가타 아키후사 구라쿠秋房愚樂의 공연

졌던 시대에서 유래했으니까요.

다시 여성과 남성의 속눈썹이라는 주제로 돌아가
보죠. 저는 일본 우키요에* 여성 초상화에서 속눈썹
이 묘사된 경우를 본 적이 없습니다. 화장으로 속눈
썹을 강조한 이미지는 근대에 들어서면서 비로소 등
장하기 시작했죠.

오늘날 일본 만화에 등장하는 모든 소녀와 성인 여
성 인물에게는 긴 속눈썹이 있습니다. 특히 1950년
이후에 제작되어 읽히고 있는 '쇼조 망가(소녀 만화)'
장르에서 두드러지죠. 이 장르에서 폭넓은 독자층
을 얻은 첫 번째 작품은 데즈카 오사무의 『리본의 기
사』(1953)입니다. 이 만화의 주인공인 사파이어 공
주에게도 긴 속눈썹이 있지요.

일본 만화나 대중문화와 가까웠던 동시대 일본 문
학에서도, 긴 속눈썹은 이상적인 미의 상징으로 나
타납니다. 한 가지 예를 들어볼게요. "… 커다란, 아
주 커다란 아몬드 모양의 눈 위에 있는 길고 짙은 속
눈썹이, 그녀가 눈꺼풀을 내릴 때면 부드러운 그림

---

*   우키요에는 일본 에도시대 중기에서 후기에 유행한 목판화 중심의 회
화 양식이다. 도시의 일상생활, 가부키 배우와 유곽의 유녀, 명소나 풍
경을 주된 소재로 삼는 것이 특징이다.

우키요에 초상화

자를 드리운다.”[2]

아름다운 속눈썹에 대한 이 다소 상투적인 묘사와 대조적으로, 저는 ‘마쓰게まつ毛’라는 동일한 단어가 같은 신체 부위인 속눈썹을 가리키면서도, 아직 전혀 미학적이거나 젠더적인 의미를 부여받지 않았던 시대의 예를 찾고자 합니다.

여성 작가 세이쇼나곤의 『베갯머리 서책』(1000년경)에는 오쿠라쿄大蔵卿(중세 황실의 재무대신)가 등장하는 한 일화가 실려 있습니다. 그는 귀가 매우 밝아 모기의 속눈썹이 바닥에 떨어지는 소리까지 들을 수 있었다고 합니다(275번째 일화).

중세 문학을 읽고 있으면 현대의 젠더 규범이라는 보이지 않는 구속복에서 벗어나 숨을 쉴 수 있게 됩니다. 오래된 텍스트들에는 기분을 전환해주는 일종의 자유로움이 있어서, 젠더에 관한 논의를 하는 데 도움이 될 거예요. ‘더 자유로운’ 오늘날의 사회에서 우리는 수많은 만화, 애니메이션, 광고, 인터넷 기사, 텔레비전 방송, 영화, 미디어 속 사진을 소비하게 되죠. 그 속에서 한 인간의 외모에 대한 성별 고정관념이 재생산되고 굳어집니다. 신화 속 여우와 비유로 등장하는 모기는 이런 세계에 속하지 않습니다. 우리는 익숙해진 입력 정보의 경로를 벗어나 의식적으로 그것들을 찾아야만 합니다. 여우도 모기도 위대한 젠더 혁명을 이룰 수는 없겠죠. 하지만 문학 텍스트에 등장하는 작은 동물들이 제 귓속에 나지막이 알아들을 수 없는 말을 속삭일 때, 저는 귀를 기울이게 됩니다.

여성적인 혀나 남성적인 혀가 있을까요? 아마 없을 겁니다. 아무리 남성적으로 보이고 싶어도 헬스장에서 혀를 단련하는 남성은 아무도 없을 거예요. 머리끝에서 발끝까지 자신의 몸을 방치하지 않고, 스스로 생각하는 여성성에 맞춰 현격한 변화를 시도하는 사람조차도 혀에 화장을 하지는 않을 겁니다. 혀 피어싱, 혀 클리너, 혀 색을 바꾸는 사탕은 있지만, 그것들은 젠더와 거의 관계가 없어요.

혀가 젠더 무대에서 아무런 역할을 하지 않는다는 사실은 놀랍습니다. 혀는 오감 모두와 관련된 지극히 에로틱한 기관이니까요. 혀는 자신을 감추고 남의 눈에 띄지 않으려고 하죠. 그에 반해 눈은 남의 눈에 띄기를 원하고, 실제로 눈에 띄는지를 스스로 감독할 수 있죠. 어깨는 타인의 시선을 끌려 하지만, 그 때문에 자신을 노출할 필요는 없어요. 얇은 천의 주름만으로도 어깨의 아름다운 굴곡과 경사가 드러나니까요. 반대로 혀는 가정의가 검진할 때가 아니라면, 집중적인 관찰 대상이 되기를 거부하죠. 입이 의견을 말할 때, 혀는 활발히 함께 움직이지만 자신이 어떻게 보일지에 대해서는 별로 생각하지 않아요.

사람들이 혀를 의도적으로 내보이는 경우는 드뭅니다. 설령 실수로 그렇게 한다 해도, 그건 혀로 입술을 촉촉이 적시거나 아이스크림의 달콤하고 차가운 표면을 핥는 짧은 순간뿐이죠. 이런 모습은 마치 한 인간 안에 숨어 있는 또 다른 동물을 엿본 것처럼 우리를 매혹하고, 동시에 혼란스럽거나 불안하게 합니다. 광고 문화에 자리 잡은 유혹적인 입술은 우리가 즉시 분류할 수 있어 지루하게 느껴지지만, 공공 장소에서 벌어지는 모든 혀의 퍼포먼스는 부적절해 보이기에 영감을 주죠. 사회를 향해 자신의 혀를 내보이는 행위는 오직 아인슈타인 같은 천재나 믹 재거 같은 반항아만이 감행할 수 있는 일이니까요.

입술과 달리 우리가 다른 사람의 혀를 평가하는 경우는 거의 없거나 아예 없습니다. 저는 누군가가 "당신 혀는 정말 촉촉하고 예쁘네요. 눈 속의 벚꽃

같은 색이에요”라든지, “그는 정말 매력적이긴 한데, 유감스럽게도 혀가 너무 얇아”라고 말하는 것을 아직 한 번도 들어본 적이 없습니다. 우리는 혀로 한 사람의 외적인 매력을 평가하지 않아요. 이는 놀라운 일입니다. 오늘날 거의 모든 신체 부위가 미적인 기준과 연결되어 평가되니까요. 심지어 성기조차도 금기시됨에도 불구하고 꾸준히 화제가 되고 평가의 대상이 됩니다. 물론 케이크와 커피를 먹고 마시는 가족 모임에서는 아니지만, 동성 친구들 간의 허물없는 대화에서는 때때로 다루어지죠. 일부 잡지는 이 주제로 매출을 늘리고 많은 인터넷 채널은 조회수를 올리고 있습니다.

아마도 혀는 내장의 영역에 속할 거예요. 내장은 젠더에 따라 아름다움을 연출하는 일을 담당하는 기관이 아니죠. 혀를 평가하는 몇 안 되는 장소 가운데 하나가 병원입니다. 전통 중국 의학뿐만 아니라 서양 의학에서도 혀는 마치 펼쳐진 책처럼, CT 촬영 결과보다 더 빠르게 해독될 수 있습니다. 치아는 종종 문제를 일으키지만 혀는 오히려 다른 기관의 이상을 마치 거울처럼 비춰주죠. 혀의 이타적이고 절제된 자기표현은 그것을 고귀하게 만들며, 그로 인해 우리는 혀가 사교적 자리에서는 어울리지 않는다는 사실을 잠시 잊게 됩니다. 혀는 스스로 '남성'도, '여성'도, '트랜스'도 '인터섹스'도 아니지만 에로틱한 환상을 자극합니다.

얼굴은 공적인 생활에서 명함처럼 여겨져요. 민주주의 사회에서는 누구도 자신의 얼굴을 드러내는 것을 부끄러워해서는 안 됩니다. 그렇기 때문에 더욱 놀라운 것은 그 겉모습 뒤에 입이 열릴 때마다 암시되는 어둡고 섬뜩한 동굴이 있다는 사실이에요. 누구도 그 동굴 속 모습을 상상하려 하지 않아요. 동굴 깊숙한 곳에는 선악과가 매달려 있고, 그 아래에는 뱀이 도사리고 있으니까요.

전통적인 젠더 관념 너머에 있는 몸을 찾다가, 저는 제 몸속에 있는 다양한 동물을 발견해요. 우선 속눈썹에 나비가 깃들어 있고, 혀에는 뱀이나 도롱뇽이 머물러 있죠. 아주 천천히 뒤를 돌아볼 때면, 제 머리에 사슴뿔이 자라나는 느낌도 받습니다. 몸을 움직일 때마다 제 안에서 또 다른 동물이 느껴져요.

유럽 문화사 속 이질적인 몸에 관해 이야기하고자 할 때, 작가 안네 두덴보다 더 좋은 대화 상대는 없어요. 그녀는 박물관과 교회를 돌며 혼종적인 존재의 자취를 따라 여행하죠. 미술 작품에서 자주 표현된 대표적인 혼종적 존재는 용이에요. 성 게오르기우스가 이 상상의 동물을 제압하므로 용이 악을 구현한다고 생각할 수도 있겠죠. 하지만 안나 두덴에게 용은 무엇보다도 혼종적 존재를 의미해요. 그녀는 『알파벳 속의 상처 Der wunde Punkt im Alphabet』(1995)라는 텍스트에서 용의 몸을 다음과 같이 묘사합니다.

용에게는 그 밖에도 살쾡이의 발과 곰의 털가죽, 악어의 머리와 뱀의 혀, 도마뱀의 피부와 미시시피악어의 꼬리지느러미가 있다. 거대한 박쥐의 날개와 아르마딜로의 움직이는 등껍질, 그리고 때로는 제3의 눈꺼풀인 순막도 있다. 용은 개처럼 엉덩이를 적나라하게 드러내며, 그의 고환은 때로 무르익은 채로 뒷다리 사이에서 튀어나오기도 한다. 하지만 이와 동시에 똑같은 몸을 지닌 용에게 탱탱한 가슴이나 뾰족하게 튀어나온 혹은 축 늘어진 수많은 젖꼭지가 있는 경우도 종종 있다. 이런 용은 그 자체로 하나의 스캔들이다.[3]

이스라엘 폰 메케넴의 동판화 〈그리핀Der Greif〉, 15세기 말

프랑스 앙제Angers성에 소장된 요한묵시록 태피스트리 연작의 일부, 14세기

프리드리히 유스틴 베르투흐의 수채색 동판화, 〈키메라Die Chimära〉, 1792

이 혼종적 존재의 몸에는 여성과 남성의 성적 특징뿐만 아니라, 서로 다른 종의 특징도 보입니다. 용은 여성인 동시에 남성이고, 포유류이자 파충류입니다.

지구 온난화와 함께 종 다양성 보존이 환경 운동의 핵심 의제로 널리 주목받기 훨씬 전부터, 두덴은 이미 반복해서 종 다양성의 소멸에 관해 이야기해왔습니다.

덧붙이자면, 안네 두덴이 써낸 텍스트들도 일종의 혼종적 존재였습니다. 그녀는 미술에 관해 이야기했지만, 미술사가나 미술비평가협회의 규칙을 따르지는 않았어요. 그녀는 문학적인 글을 썼고, 그래서 알파벳 철자들을 상처 입을 수 있는 몸으로 진지하게 받아들였죠. 그녀는 문명 극장*의 공연 안내 책자에 실린 줄거리를 반복하지 않았어요. 그 대신 그림으로 돌아가 그것을 새롭게 읽고 묘사했죠. 말하자면 일종의 '그림 묘사'를 한 것이지만, 사실상 그림 묘

---

*   '문명 극장'은 실제 극장이 아니라, 사회가 만들어낸 공식적인 해석의 시스템을 가리킨다. 따라서 "문명 극장의 공연 안내 책자에 실린 줄거리"는 사회가 일반적으로 예술에 대해 제공하는 공식적인 문화적 설명을 의미한다.

사가 아니었어요. 왜냐하면 그 그림들은 유동적인 이행을 구현하고 있어 본질적으로 묘사될 수 없기 때문이죠.

『알파벳 속의 상처』에는 용 살해 모티프를 담은 여러 그림이 실려 있습니다. 이 책 어딘가에는 파올로 우첼로의 그림 〈성 게오르기우스와 용Saint George and the Dragon〉도 등장합니다. 이 그림에서 용은 자신의 목구멍을 창으로 찌르는 성 게오르기우스와 자신을 줄에 묶어 끌고 있는 공주 사이에 서 있습니다. 우리는 모두 영웅이 사악한 용을 죽이고 공주와 결혼하는 내용의 메르헨을 알고 있죠. 하지만 이 그림의 배경이 되는 설화에서는 영웅이 용을 곧바로 죽이지 않습니다. 그 대신 용을 줄에 묶어 끌고 다니며, 용의 폭력에 시달리는 도시 주민들에게 보여주고 자신에게 유리한 제안을 합니다. 기독교로 개종하면 용을 죽이겠다고 말이죠.

흥미로운 점은 우첼로의 그림에서 용을 묶은 줄을 쥐고 있는 인물이 공주라는 사실이에요. 이를 통해 그 여성과 혼종적인 존재 사이에 양가적인 연결이 존재합니다. 형태와 색채를 살펴보면, 용과 공통

파올로 우첼로, 〈성 게오르기우스와 용〉, 1470년경

점을 지닌 인물은 명백히 여성이 아니라 남성이에
요. 기사의 갑옷에 있는 각진 형태는 용의 몸통과 어
울리며, 용의 몸도 녹색, 파란색, 회색으로 이루어진
배경에 색상 면에서 잘 녹아들어 있습니다.

하지만 용을 죽여야 하는 그의 임무와 말 위에 앉
아 있는 높은 위치가 그를 혼종적 존재로부터 떼어
놓습니다. 반면 공주는 용과 마찬가지로 땅 위에 서
있죠. 용이 적의 공격 앞에서 도망쳐야 하는 절체절
명의 순간인데도, 줄이 팽팽히 당겨져 있지 않다는
점은 이들 사이에 어떤 섬뜩한 합의가 존재함을 암
시합니다. 공주는 희미한 핏빛 옷과 짙은 피처럼 붉
은 신발을 신고 있어요. 그 색이 용에게서는 급작스
러운 고통을 나타낸다면, 공주에게서는 세련된 신발
의 색이죠. 그 신발은 문명화된 형태를 그녀의 발에
부여합니다.

문제는 결국 용이 살해된 뒤 공주의 얼굴이 이 그
림에서보다 덜 창백하고 덜 우울해 보일 수 있을지
예요. 어쩌면 이 그림은 과거 이야기와 현재, 미래
를 단일한 표면 안에 담아낸 것인지도 모릅니다. 작
가의 문학적인 언어는 이 그림을 펼쳐 보이며, 사건
을 연대기적으로 배열하지 않은 채 하나의 이야기로

번역해냅니다. 그러나 공주는 용과 완전히 결별하지는 못한 것처럼 보여요. 그래서 제 눈에는 이 이분법적 체계가 양가적인 것으로 남아 있어요. 그 체계 안에서 공주는 점점 더 고통을 느끼고, 점점 더 작아질 거예요. "자신 안으로 침잠한 순수한 공주는 삶의 단계마다 점점 더 쪼그라든다. 거의 은밀하게, 그러나 마치 끊임없는 최면 상태에 빠진 듯, 그녀는 때때로 무언가를 붙잡으려 하는 것처럼 보인다. 그사이 비명을 지르고 신음하며 죽어가는 용을."[4]

이 텍스트를 처음 읽은 지 30년이 지난 지금, 저는 오늘날 그것을 어떻게 읽을 수 있을지 궁금합니다. 그동안 많은 대학생의 주요 관심사는 페미니즘에서 환경 보호와 젠더 다양성으로 옮겨갔지요.

미술사에서는 여성 인물과 남성 인물 말고도 용이 독자적인 위치를 차지합니다. 용은 신체적으로 분명히 존재하지만, '인터섹스'나 '논바이너리'처럼 오늘날 긍정적으로 받아들여지는 새로운 성 정체성의 입장을 대변하지는 않아요. 용을 죽이는 것은 영웅과 공주라는 두 성별로만 구성된 이분법적 체계의 형성을 위한 전제 조건으로 기술되어왔지요.

혼종적인 존재이자 사잇공간에 위치한, 정의 내릴 수 없고 억압된, 불편하기까지 한 용의 몸은 저에게 다양하고 새로운 성별들을 위한 장소처럼 보여요. 하지만 저는 새로운 젠더 정체성의 발생을 용의 신체적 부활과 비교하지는 않을 거예요. 새로운 성별들은 용이 아니라 인간으로 인정받기 위해 그리고 인권을 위해 투쟁하고 있으니까요. 인권이 여전히 세계 곳곳에서 침해당하고 훼손되고 있기에, 우리는 그것을 지켜내야만 해요. 하지만 이때 강조점은 '인간'이 아니라 '권리'에 놓여야 합니다.

그 당시에 저는 안네 두덴이 묘사한 것처럼, 용과의 싸움을 여성의 특정한 신체성이 용으로 형상화되어 살해당하고 그 잔재로서 창백한 공주만이 살아남은 것으로 읽었어요. 그런데 오늘날 다시 읽어보니, 이 텍스트는 이런 해석을 허용하긴 하지만 강요하지는 않는다는 사실을 알게 되었어요. 제 이전 해석에 따르면 '복권'도 가능합니다. 다시 말해 공주가 자기 안에 있던 용의 모습을 되찾고, 반영구적 슬픔에서 벗어날 수 있다는 뜻이죠. 하지만 그녀가 정말 자기 안의 용의 면모를 되찾을 수 있을까요? 예컨대 몸에 털이 자라고, 날카로운 발톱과 축 늘어진 가슴을 갖게 되는 방식으로 말이에요. 저는 바비 인형과 우첼로의 용이 하나로 합쳐진 장난감을 상상해봅니다.

오늘날에는 온갖 신체적인 특이성을 지닌, 정치적으로 올바른 여러 바비 인형들이 있어요. 하지만 이런 바비 인형들이 정말 아마존강 유역에서 볼 수 있는 근원적이고 자연적인 다양성을 반영하는 걸까요? 제가 보기에 새롭고 정치적으로 올바른 바비 인형들은 과거에 어떤 특성들이 바비 문화에서 배제되었는지를 드러낼 뿐이고, 이러한 특성들을 마치 액세서리처럼 외형에 덧붙이고 있을 뿐입니다.

파괴된 용의 몸은 그 자체로 이미 혼종적 존재예요. 여성성과 남성성 또는 동물성과 인간성 사이의 혼합체지요. 나아가 용은 마비되어 있지만 호전적이고, 용의 피부는 화석처럼 단단하면서도 유연하며, 다리는 짧으면서도 길지요. 이질적인 몸 안에서 상상된 몸과 기억된 몸, 감정적으로 느껴진 몸과 사회적으로 의미 부여된 몸, 비가시적인 몸과 시각화된 몸, 비유적인 몸과 의학적인 몸이 서로 겹쳐집니다.

안네 두덴은 텍스트의 맨 앞 부분에서 용의 목구멍이 어떻게 공격받는지를 묘사합니다. "희생자의 약 90퍼센트는 대부분의 시간을 바닥에 누운 채 힘겹게 고개를 쳐들고 있는 모습으로 그려진다. 공격 무기나 그 뾰족한 끝이 그들의 목구멍 안이나 벌린 입 안에 박혀 있었고, 목을 관통했으며, 혀는 입 바닥에 처박혀 있었다."[5]

입 바닥에 들러붙은 혀는 더 이상 말을 할 수 없습니다. 영웅은 용이 말을 할까 두려운 듯, 이 혼종적 존재의 혀를 노리죠. 안네 두덴의 또 다른 책 『혀의 감금Zungengewahrsam』(1999)에는 낮에 사회적인 의사소통 규칙에 따라 움직일 때보다 자는 동안 더 잘 기능하는 혀가 등장해요. "밤의 지성은 뻔뻔스럽고 거침없이, 방해받지 않은 채 자연의 목소리를 따르고 교미한다. 비록 모든 존재와 동침하지는 않지만 모든 감각과는 동침하는 것이다. 그리고 혀는 더 이상 혐오와 불쾌감을 유발하거나 성병에 걸릴 필요가 없다."[6] 이 혀는 다른 사람들이 유의미한 의미 형성이라고 여기는 것을 만들어낼 수 없어요. 이 혀는 잠을 잘 수도 없어요. 왜냐하면 밤은 혀가 살아 움직이는 시간이니까요. "그것, 즉 종의 표본인 이 혀는 결코 잠을 자지 않았다. 그것은 자는 동안이나 한밤중에 특히 깨어 있었고 활발히 움직였다. 때로는 꿈속에서 때로는 꿈꾸듯 몽유병 환자처럼 확신에 찬 태도로 모든 것을 거리낌 없이 내뱉었다."7

이 텍스트의 문학적 언어는 미세한 변위를 통해 작동합니다. 예를 들어 앞서 인용한 문장에서 "뻔뻔스럽고"는 "거침없이"로, "자는 동안"에는 "한밤중에"(모든 다른 사람이 자는 시간에)로, "꿈속에서"는 "꿈꾸듯"으로 바뀝니다. 여기서 중요한 것은 밤과 낮, 여성과 남성의 대비가 아니라 미세한 변위가 사유를 계속해서 주의 깊고 신중하게 밀고 나간다는 점이에요. 이분법적 체계에서 벗어나고자 하는 이는 도약하는 법보다는 위치를 옮기는 법을 익히는 것이 더 좋습니다. 건너편 강가로 뛰어넘어가는 행위는 결국 다시금 '두 개의 강가라는 체계'를 유지하게 만드니까요. 반면 변위는 경계라는 강줄기 없이 전체 영역에 영향을 미칩니다.

혀는 용과의 싸움에서 살아남아 계속 우리 안에서 살고 있는 몇 안 되는 신체 부위 중 하나일 거예요. 전형적 여성상으로 묘사된 모델이나 그림책 속 공주의 혀가 특별히 여성적으로 보이지 않는다고 해서 놀랄 일은 아니죠. 하지만 그렇다고 해서 젠더 규범에 얽매인 우리 사회가 예외적으로 혀만은 자유롭게 내버려둔다는 뜻은 아니에요. 여성적인 혀와 남성적인 혀를 비교하려는 여러 시도가 존재하죠. 마치 누군가가 끊임없는 비교를 통해 세상은 두 가지 성으로 이루어져 있다는 사실을 확인하려는 것처럼요. 이것은 적어도 성별 비교 연구가 왜 그렇게 인기를 끄는지를 설명해줍니다. 좋은 예로 여성의 뇌를 남성의 뇌와 비교하는 연구를 들 수 있죠. 반면 '독일인'의 뇌와 '러시아인'의 뇌를 비교하는 연구는 설령 과학적으로 이루어지더라도 즉시 논란을 일으킬 겁니다.

미각에 대한 비교는 우선 뇌의 비교보다는 덜 해로운 것처럼 들립니다. 여성의 혀가 남성의 혀보다 맛에 더 민감한지, 혹은 맛을 다르게 느끼는지를 조사한 몇몇 연구가 있어요. 혀에 있는 미각 수용체의 개수, 특성, 분포를 측정해 통계 자료를 만들고 그 원인을 추측하죠. 그 이름을 우리가 신뢰하는, 권위 있는 대학들의 연구가 있습니다. 언론에서는 이러한 연구 결과들을 풀어 쓴 신문 기사들을 보도하죠. 그 기사들은 거짓말하려는 의도는 없지만, 상업적 이해

관계 속에서 독자의 기대와 감정과 호기심을 자극합니다. 예를 들어 남녀의 차이가 약 200만 년 전에 생겨났다고 믿는 독자들이 최근 20년 사이에 점점 늘어나고 있어요. 많은 독자는 이러한 주장을 직관적으로 받아들이죠. 이는 그들이 상상하는 순수하고 진실했을 석기시대와 잘 어울리고, 그 당시에는 아무도 성가시고 복잡한 젠더 이론의 영향을 받지 않았을 테니까요.

프랑스의 선사시대 학자이자 『파묻힌 여성』(2022)의 저자인 마릴렌 파투-마티스는 석기시대에 남성은 사냥을 나갔고 여성은 열매를 채집하며 아이를 돌봤다는 통념을 잘못된 해석으로 간주합니다. 이러한 해석은 학계가 아직 '성차별주의'에 대해 성찰하지 못하던 시기에 생겨났다는 것이죠. 발굴된 유물만으로는 여성과 남성의 임무가 오늘날 우리가 상상하듯 그렇게 명확히 구분되어 있었다고 보기 어렵습니다. 그녀는 1880년 스웨덴에서 발견된 한 사람의 해골을 예로 듭니다. 그 사람은 한 자루의 칼, 두 개의 창, 스물다섯 개의 화살 그리고 또 다른 여러 부장품과 함께 매장되어 있었습니다. 스웨덴 같은 나라조차 19세기 후반에도 여전히 성별 고정관념에서 자유롭지 못했던 것으로 보입니다. 당시의 연구는 의심 없이 그 사람이 남성 바이킹 지휘관일 거라고 가정했죠. 그런데 2017년에 이루어진 유전자 분석 결과, 그 유골의 주인이 서른 살 된 여성 전사라는 사실이 밝혀진 것입니다.

고고학은 앞으로 현대의 젠더 혼란에 대한 두려움으로 인해 반복적으로 되살아나는 석기시대의 환상에서 우리를 점차 해방해줄 거예요. 우리는 젠더와 관련해 거대한 물음표 한가운데에 살고 있고, 실제로 얼마나 많은 성별이 존재하는지도 잘 알지 못합니다. 바로 그 때문에 불안감을 느끼는 사람에게는 상상해낸 석기시대가 일종의 도피처가 됩니다.

그런데 왜 꼭 석기시대여야만 할까요? 오늘날에도 여성과 남성의 역할이 엄격히 구분되어 있는 사회는 많이 있어요. 그런 사회들이 아이슬란드나 핀란드 같은 나라보다 더 자연스럽고 더 근원적이며 더 진실한 걸까요? 제가 이 두 나라를 예로 든 이유는 이들이 세계 경제 포럼의 '2021년 세계 젠더 격차 보고서'에서 가장 높은 순위를 기록했기 때문이에요. 하지만 이것 역시 어디까지나 통계 자료일 뿐입니다.

혀에 관한 통계 자료도 마찬가지예요. 여성의 혀와 남성의 혀 사이에는 측정 가능한 차이가 있습니다. 통계적으로 네덜란드인의 혀와 이탈리아인의 혀 사이에도 차이가 존재합니다. 독자들이 이탈리아인의 혀가 네덜란드인의 혀보다 더 많은 미각 수용체를 가지고 있다는 사실을 알게 된다면 마음이 놓일지도 모르죠. 그건 세상이 우리가 상상한 그대로라는 것을 입증할 테니까요. 사실 아무도 미각 수용체의 수를 셀 필요는 없고, 그냥 베를린에 있는 이탈리아 음식점과 네덜란드 음식점의 수를 비교하기만 해도 됩니다. 우리는 너무나 다양하고 뒤섞인 세상 속에서도 어떤 방향성을 가지고 있다고 느낄 때 마음이 놓이죠. 그 방향성은 숫자처럼 단순하고 분명하고 반박할 수 없는 것이 되는 게 가장 바람직할 거예요. 우리가 원하는 통계 자료는 건강에 좋습니다. 우리의 혈압과 맥박을 낮춰주니까요.

통계에 따르면 여성은 하루에 2만 단어를 말하는 반면 남성은 7천 단어에 그친다고 해요. 하지만 이런 결과를 반박하고 신화라고 비판하는 또 다른 통계 자료들도 있습니다. 신화 자체는 메르헨과 마찬가지로 대단히 매력적인 장르이지만요. 신화를 거짓말이나 허위 사실의 은유로 악용하는 것은 나쁜 버릇이에요.

저는 정말로 묻고 싶어요. 도대체 왜, 그리고 누가 여성과 남성을 비교하려 하고 그 대가로 연구비를 신청하고 또 받았는지요. 한 사람이 말하는 단어의 수에 생물학적 성별보다 더 큰 영향을 미칠 수 있는 또 다른 요인들이 있습니다. 직업을 예로 들 수 있죠. 비전문가인 저는 초등학교 교사가 작은 섬에 사는 어부보다 말을 더 많이 할 거라고 추측해봅니다. 하지만 저는 이런 주장을 입증하기 위해 결코 연구비를 신청하며 시간을 허비하지는 않을 거예요.

남성과 여성으로 이루어진 젠더 풍경은 우리가 생각하는 것보다 훨씬 더 불안정해 보입니다. 그것은 실체가 없어서 광고 사진, 유사 연구, 상투적인 구호를 통해 매일 새롭게 재생산되어야만 하죠. 한 문명이 우리에게 제공한 하나의 젠더 안에서 진정으로 편안함을 느낀 사람은 아무도 없을 거예요. 그가 감수성과 창조성이 부족한 사람이 아니라면 말이죠. 어떤 몸을 지니고 있든, 우리는 혼종적인 존재에 대해 두려움과 매력을 동시에 느낍니다. 사실 우리 자신도 그런 혼종적인 존재니까요. 그렇기 때문에 우리는 너무 성급하게 자신을 소수자로 규정해서는 안 됩니다.

16세기 연금술서 『태양의 광채Splendor solis』에 수록된 삽화

3인칭의 부재

두 번째 시학 강의

3인칭의 부재

저는 1인칭과 2인칭 단수를 가리키는 대명사인 '나'와 '너'가 마치 유니섹스 의상처럼 모든 젠더에 어울리는 반면, 3인칭 단수 대명사인 '그녀'와 '그'는 숙녀복과 신사복처럼 낡은 구분을 고집한다는 것을 늘 의아하게 여겼어요. 1인칭이라는 성별로부터 자유로운 분위기 속에서 편안함을 느끼는 사람은("나는 항상 나다") 갑작스러운 3인칭에 대한 질문("너는 '그녀'야 아니면 '그'야?") 때문에 당황하곤 합니다. 이것은 제가 공공건물 안에서 여러 공간을 자유롭게 돌아다니다가, 갑자기 화장실 앞에서 선택을 강요받는 상황과 비슷합니다. 저는 여성용 화장실 문을 열든지 아니면 남성용 화장실 문을 열든지 해야겠죠. 남아프리카 공화국에서 아파르트헤이트 정책이 실행되던 시기나 미국에서 이른바 '백인'을 다른 사람들과 분리했던 문처럼, 제가 이런 분리를 차별적이라고 생각한다는 건 아니에요. 게다가 저에게는 여성용 화장실이 편합니다. 비록 저는 그 문에 그려진 그림처럼 치마를 입지도 않았고 전형적인 숙녀도 아니지만요. 그럼에도 저는 화장실 문 앞에 설 때마다 왜 3인칭 대명사는 성별로부터 자유롭지 못한지 곰곰이 생각하곤 합니다.

작년에 저는 독일 대학과 미국 대학 간의 교류 프로그램에 초청받아 참가했어요. 독일 학생들은 이름과 전공을 말하며 자신을 소개했죠. 반면 미국 학생들은 이름과 함께, 자신을 지칭할 때 사용해주길 바라는 인칭대명사를 밝혔어요.

불과 얼마 전까지만 해도 인칭대명사는 언어학이나 어학 수업 밖에서는 거의 논의되지 않는 주제였어요. 그런데 어느 날 그것이 개인적으로나 정치적으로 이렇게 중요해질지 누가 생각이나 했겠어요?

저는 분명 인칭대명사를 과소평가하고 있었어요. 제 눈에 인칭대명사는 앞에서 언급된 이름이나 대상 또는 사태를 다시 말할 때 반복을 피하기 위해 단순히 대체하는 말일 뿐이었어요. 제 언어 감각으로는 왜 그런 반복을 굳이 피해야만 하는지 잘 이해할 수 없지만, 그렇게 느끼는 이유는 제 모어가 일본어이기 때문이겠죠. 더욱이 언어에 나타나는 모든 낯선 규칙은 창의력을 키울 수 있기에 저는 그런 규칙을 따르지만, 대명사에 대해 제가 품었던 태도는 결코 존중이 아니었어요. 대명사는 그 자체로 텅 비어 있고 아무런 색채도 없다고 여겼으니까요.

'인칭대명사Personalpronomen'라는 말을 들으면, 저는 늘 예전에 고용주 밑에서 일하던 '직원Personal'이 떠올랐어요. 직원의 담당 업무가 분명해지도록 고용주, 즉 명사는 세 그룹으로 나뉘고 그에 따라 직원도 분류됩니다.

세 그룹 중 하나는 여성명사라고 불리지만, 여기에 속한 대부분은 실제 여성이 아니에요. 예를 들어 바지는 여성이 아니지만, '여성명사' 그룹에 속하기 때문에 그곳에서는 여성 직원 '그녀sie'가 일하죠. 로제라는 이름의 여성을 위해서도 '그녀'가 일하지만, 그 이유는 그녀의 해부학적 몸 때문이 아니에요.

지난 몇 년간 인칭대명사는 점점 더 개인적인 persönlich 문제로 여겨져왔어요. 어쩌면 그것은 우리의 생각보다 더 개인적인 문제일지도 몰라요. 그래서 저는 인칭대명사를 생각할 때, 그것을 문법적 기능으로 환원하지 않고 그 체온에 주목하고 싶어요. 또한 그것이 우리에게 불러일으키는 감정에도요. 누군가를 '그녀'라고 부를지, '그'라고 부를지를 두고 우리는 이제 더 이상 무관심하지 않아요. 그리고 그것은 더 이상 소수만의 특별한 문제가 아니에요. 젠더에 대한 인식 그리고 그에 따라 대명사에 대한 인식도 급격히 변화하고 있어요. 여기서 중요한 것은 가령 트랜스 여성이 더 이상 '그'가 아닌 '그녀'라고 불리길 원한다는 것만이 아니에요. 젠더와 대명사에 관한 많은 질문은, 각 개인이 기존 대명사와 새로운 대명사 중 하나를 선택해 명함에 적는 것만으로는 답해지지 않아요.

'ENTR.net'은 다양한 사회 문제에 관해 토론하는 유럽 청년들을 위한 다국어 비디오 채널입니다. 이 채널의 '젠더 다양성: 대명사는 이렇게 다양하다' 편 인터뷰에서 몇몇 사람들은 자신이 선택한 대명사에 대해 이야기합니다. 여기서 친숙한 '그녀'나 '그' 외에 'they/them'(단수),* 'Gazelle/sie'† 또는 'dey/

---

* 'they/them'은 전통적으로는 복수형이지만, 성별을 밝히지 않거나 젠더

dem'‡ 같은 새로운 선택지들이 언급됩니다. 화자들은 자신의 선택에 대해 역사적이거나 이론적인 근거를 들기보다는 '그것이 좋게/올바르게 느껴졌다'는 식의 감정을 더 표현해요. 대명사는 느낄 수 있는 것이죠. 마치 천이나 스웨터, 혹은 어쩌면 피부처럼요.

이 인터뷰에서 한 화자는 'hen'이나 'sier' 같은 이른바 '신조 대명사'에 대해 다소 거리를 두며 이야기합니다. "그 단어는 저에게 그다지 진정성 있게 느껴지지 않았어요." 저는 3인칭 대명사 속에서 진정성을 찾는다는 말을 듣고 깜짝 놀랐어요. 인칭대명

이분법(남성/여성)을 거부하는 사람을 존중하는 방법으로 단수형으로도 쓴다.

† 소셜 미디어에서 활동하는 가젤(Gazelle)은 남성으로 태어났지만, 논바이너리 트랜스젠더로 살아가고 있다. 가젤은 그 자신이 만든 이름이다. 가젤은 자신을 남성형 대명사 '그(er)'로 지칭하는 것에 거부감을 느끼며, 사회적 고정관념에서 벗어나기 위해 여성형 대명사인 'Gazelle/sie'나 젠더 중립 대명사인 'they/them'을 사용한다. 최근에는 이를 독일어화한 'dey/dem'을 시험하며 자신에게 가장 잘 맞는 언어적 표현을 찾는 과정을 공개했다. 가젤에게 인칭대명사는 타인이 규정하는 성별이 아니라 본인이 느끼는 내면의 정체성을 표현하는 중요한 수단이다.

‡ 독일어권에서 새롭게 만들어진 대명사다. 'dey'는 'they'를 독일어 발음에 맞게 바꾼 것이고, 'dem'은 독일어의 3격(간접 목적격) 형태를 반영한 것이다. 따라서 'dey/dem'은 '그(er)'나 '그녀(sie)'라는 표현을 피하고 젠더 중립적으로 말하기 위한 시도다.

사가 사람의 감정을 표현하지는 않으니까요. 심지어 1인칭인 '나'라는 말 자체도 제가 무슨 생각을 하고 어떤 감정을 느끼는지에 대해서는 아무것도 알려주지 않아요. 저는 '나'라는 단어가 제게 어울리는지 말할 수 없어요. 왜냐하면 다른 모든 사람도 그 단어를 사용하니까요.

일본어에서는 3인칭이 그다지 중요하게 다루어지지 않아요. 일반적으로 고유명사를 반복하거나 '이 사람この人', '그분あの方' 같은 성 중립적인 표현을 사용하죠. '그녀彼女'나 '그彼' 같은 단어도 있지만, 3인칭을 표현하는 여러 다른 선택지 중 둘일 뿐이에요. 더욱이 그것들은 문법적으로도 중요하지 않죠.

우리는 신화 속에서 종종 아주 오래되어 보이는, 뚜렷한 성 역할 구분이 나타난다고 믿습니다. 오디세우스는 세계를 떠돌며 숨 막히는 모험을 겪는 '그'입니다. 반면 '그녀', 곧 그의 아내 페넬로페는 집에 머물며 그를 기다리죠. 그런데 여성 운동은 페넬로페도 언제든지 세계여행을 떠날 수 있을 만큼 사회를 바꾸어놓았죠. 이제 여성이 모험을 떠나기 위해 더 이상 남성으로 변신할 필요는 없어요. 각각의 페넬로페는 원한다면 연구자, 리포터 또는 외무부 장관으로서 세계의 위험 지역으로 여행을 떠나고, 낯선 사람들과 논쟁을 벌이고, 갈등을 해소하고, 다시 집으로 돌아올 수 있습니다. 이제는 누구도 페넬로페가 여성이라는 이유로 집에만 있어야 한다고 말하지 않을 거예요. 반대로 이제 남성도 누구든지 집에 남아서 소파에 앉아 편안한 음악을 들을 수 있습니다. 세이렌의 목소리로부터 자신을 지키기 위해 귀를 밀랍으로 막는 것보다 그편이 더 나은 선택이죠. 페넬로페가 남편에게 지조를 지킨 것처럼, 그는 아무 문제 없이 아내에게 충실하며 그녀를 기다릴 것입니다. 오늘날 그는 남성으로서 이 모든 것을 해낼 수 있습니다. 이를 위해 여성이 될 필요는 없어요.

우리는 우리 자신과 동일시할 수 있는 인물을 가족 안에서뿐만 아니라, 의식하든 못하든 신화와 역사에서도 발견합니다. 이를 위해 굳이 호메로스의 두꺼운 책을 펼칠 필요는 없어요. 신화는 사진, 미디어, 영화, 만화, 애니메이션 등 어디에서나 살아 숨 쉬고 있으니까요. 우리는 그것을 소비하고, 마치 공기처럼 매일 호흡하죠. 그러다보면 때때로 우리가 이쪽이든 저쪽이든 젠더 역할을 제대로 수행하지 못하고 있다는 느낌이 들기도 해요.

오디세우스는 특정 브랜드의 청바지를 입고 뗏목 위에 서 있는 현대인의 모습으로 광고 사진에 등장합니다. 혹은 오디세우스가 아니라 또 다른 신화 속 다른 영웅이 등장하며, 그래서 뗏목도 무시무시한 대양도 존재하지 않죠. 여러 영웅들이 서로 용해되어 매번 다시 다른 얼굴로 화면에 등장합니다. 광고 사진은 장기적으로 젠더에 대한 고정관념과 우리의 자아상, 정확히 말하면 우리가 어떤 존재여야 하고 어떤 존재가 아닌지에 영향을 미치죠. 거기서 구체적인 매력으로 제시되는 이상형은 누구도 충족시킬 수 없을 거예요. 그것이야말로 경제를 활성화하는 원동력이죠.

만약 제가 어떤 것을 '젠더 망상'이라고 부른다면, 그 대상은 당연히 언어 개혁이 아니라 광고 문화일 거예요. 광고를 비판하는 광고들은 이미 오래전부터 있었지만, 진짜 문제는 우리가 더 이상 광고가 어디에서 시작하고 어디에서 끝나는지조차 알 수 없게 되었다는 거예요.

문학 작품을 읽을 때 저는 거의 언제나 스스로를 남성 인물과 동일시하곤 했어요. 호메로스의 『오디세이아』를 읽을 때면 저는 늘 자동적으로 오디세우스가 되었지요. 제가 남성처럼 보이지도, 그리스인처럼 보이지도 않았다는 사실은 전혀 문제가 되지 않았어요. 오디세우스가 되려면 제 모습이 달라져야 한다는 생각은 결코 하지 못했죠. 책을 읽는 동안 제 실제 몸은 가만히 있었고, 오직 정신만이 활동했어요. 제 보금자리는 실제 몸이 아니라 언어였어요. 저는 책을 읽으며 변신했죠. 그건 언제나 기억의 행위였어요. 비록 그 이야기된 기억 속의 일들을 제가 직접 겪은 것은 아니었지만요. 텍스트 속에서는 저와 다른 사람들 사이의 경계가 사라지고, '지금'과 신화적 시간 사이의 경계마저도 흐려집니다.

바르바라 쾰러는 2007년에 『아무도 아닌 자의 여자Niemands Frau』라는 책을 출판했습니다. 이 책은 호메로스의 『오디세이아』에 나오는 모티프와 인물들을 떼내어 다양하게 실험하는 스물한 편의 텍스트로 구성되어 있습니다. 작가는 자신의 언어와 신화의 모티프를 분석적이면서도 음악적인 방식으로 작곡해냅니다. 그녀의 서사는 '나', '너', '그' 그리고 '그녀' 사이의 뚜렷한 구분이 아직 이루어지지 않았던 지점에서 시작되죠. 정체성은 회상과 서술이 마무리될 때 비로소 견고해집니다. 하지만 이 텍스트는 아직 그 지점에 도달하지 않았고, 마지막까지도 모든 것이 열린 채로 남아 있습니다. 작가에게 중요한 것은 겉으로는 완결된 듯 보이는 것을 다시 열어놓는 일이에요.

아직 역할이 나누어지지 않은 곳에서 인칭대명사의 풍경은 어떤 모습일까요? 여성과 남성, 괴물에 대해 이야기하는 남성 서술자는 아직 존재하지 않아요. 그 대신 그의 자리에 쾌락, 영감, 목소리 그리고 음악이 있죠. 한 뮤즈가 '나'로 하여금 이야기하게 만들지만, 이 '나'가 누구인지, 오디세우스와 같은 성별에 속하는지 아니면 다른 성별인지는 명확하지 않아요.

이미 "뮤즈/변화무쌍한 자"라는 제목의 1장에서 우리는 바다를 항해하게 되는데, 그 바다에서는 인칭대명사들이 서로 뒤섞인 채 둥둥 떠다니고 있어요.

뮤즈여 내게 말해주오 그것이 누구인지 그가 무

엇인지 호메로스가 누구인지 그리고 왜/ 그것이
중요한지 그리고 그것을 아는 것이 왜 중요한지 내
게 말해주오 네가 누구인지/ '나'란 무엇인지 말
해주오 나는 네게 묻는다 나는 나 자신에게 묻는
다 말해주오/ 내가 헤매는 존재를 '그'나 '그의 것',
'그녀' 혹은 '그 사람'이라 부르는 순간 나도 길을
잃는다/ 내가 되어가는 존재라면 나는 바로 그 질
문일 거야 그 질문이 나를 혼란스럽게 해 나는 나
를 잃고 있어 뮤즈여 내게 말해주오.[8]

'변화무쌍한 자POLYTROP'는 호메로스의 작품에서
오디세우스를 가리키는 흔한 '별명'이에요. 하지만
이 단어는 생물학이나 열역학에서 유래한 전문 용
어*이기도 하며, 저로 하여금 대명사의 비범한 능력
을 떠올리게 합니다. 대명사의 앞뒤에 놓인 다른 단
어들과 접촉해서 자신의 온도를 변화시키는 능력 말
이에요.

아직 남성 서술자인 호메로스와 그의 영웅들을 위

---

* 열역학에서 이 단어는 '조건에 따라 여러 형태로 변화하는'이라는 의미
를 지닌다.

한 남성적인 강가도 없고, 서술자에게 영감을 주는 뮤즈와 페넬로페를 위한 여성적인 강가도 없습니다.

이 산문 작품의 문장 구조는 시의 문장 구조처럼 자유롭고, 어쩌면 그보다 더 자유로워 폭풍우 치는 바다의 표면을 떠올리게 해요. 이 텍스트는 산문처럼 양쪽 정렬 방식으로 구성되어 있지만, 그 안에서 단어들은 시보다 훨씬 더 자유롭게 헤엄치고 있죠. 그 글꼴이 타자기 글씨를 연상시켜서 텍스트는 원고처럼 보여요. 아직 그것은 공식적으로 '이야기된' 것도 아니고, 서술자의 정체성도 아직 확정된 게 아니죠. 그와 뮤즈 사이 혹은 그와 독자 사이의 권력 관계 역시 정해지지 않았어요.

뮤즈여 내게 말해주오 그가 존재한다고/ 그의[*]
호메로스였다고 말한 자는 누구인가/ 그는 하나의

[*] 원문에서는 영어의 'be' 동사에 해당하는 독일어 동사 'sein'의 접속법 1식 형태인 'sei'가 사용되지만, 다와다가 인용한 텍스트에는 이것이 3인칭 단수 '그(er)'의 소유대명사인 'sein'으로 바뀌어 있다. 또한 이 'sein'은 동사 원형으로 읽힐 가능성도 지닌다. 이는 다와다가 퀼러의 텍스트를 단순히 그대로 인용한 것이 아니라, 생산적으로 변형하고 있음을 보여준다. 이러한 맥락을 고려하여 본 번역에서는 'sein'을 '존재한다'와 '그의'라는 이중의 의미로 옮겼다.

그녀는 아니고 하나의 그도 아니며/ 남성이자 여
성이고 하나이면서도 여럿이다 그가 존재한다면
나도 존재하는 것인가 뮤즈여 내게 말해주오/ 그
의 말을: 나를 위한 말을: 내게 말해주오: 너희 영
혼들이여:/ 인간의: 생각을: 돌보는 자들이여: 나
를 성별 없는 존재로 만들어다오: 이곳에서.[†][9]

아직 호메로스는 '그'로 확정된 게 아니에요. 다수
의 유령Geister을 제압하는 세계 문학의 위대한 정신
Geist으로 자리 잡은 것도 아니죠. 아직은 유령들이
다원성을 지닌 채 텍스트를 함께 써나가고 있어요.

모든 존재 그것은 나의 것이자 너의 것/ 그리고
존재하지 않음 비존재 비일체성 그것이 나의 것/
너의 존재 그것은 나뉘고 응답된 부적절한/ 곁에
있음 우리는 그 안에 있네: 어떤 형상이든 그건 이
잘려나가/ 형성된/ 몸들 그 공간은 그녀이지 그[‡]

[†] 강조한 부분은 셰익스피어의 『맥베스』에서 레이디 맥베스가 말한 유
   명한 대사다. 위의 인용문은 독일어로 쓰여 있지만, 강조한 부분은 원
   문에 따라 영어로 쓰여 있다.

[‡] 원문은 "그 공간은 그녀이지 그가/ 회상이 아니야(die areale ist sie nicht

가 아니야/ 노래하는 건 그녀의 딸들이라네[10]

'회상Erinnerung'이라는 단어에서 줄이 바뀌면 음절 분리가 일어나서 전철인 'er'가 잘려나가고, '이야기하다Erzählen'라는 단어에서도 마찬가지로 음절이 나뉘면서 '그er'와 '수를 세다zählen'라는 단어가 생겨납니다. 위대한 '서술자Erzähler'가 없다면 위대한 이야기가 숫자를 세는 상태로 되돌아가겠지만, 이것이 퇴보를 의미하지는 않아요. '숫자를 세는 것das Zählen'이 '중요하지zählen' 않다고 감히 누가 말할 수 있겠어요? 다양성의 세계에서는 셈하고, 또 열거해야만 해

er / innerung)"다. 앞 행의 마지막 단어 'er'는 '그'를 의미하지만, 다음 행의 첫 단어 'innerung'과 결합하면 'Erinnerung', 즉 '회상'이라는 뜻이 된다. 그런데 다와다는 본문에서 'Erinnerung'이라는 단어에서 줄이 바뀌면서 음절 분리가 일어나 'er'가 떨어져나갔다고 설명하면서도, 막상 퀼러의 작품을 인용할 때는 원문과 달리 'innerung'을 생략하고 '그(er)'만 남겨둔다. 이것이 단순한 인용 오류인지, 아니면 의도적인 생략인지는 확정할 수 없지만, 나는 '그녀'와 대비되는 '그'를 강조하기 위해 의도적으로 생략했을 가능성도 배제하지 않는다. 앞의 각주에서도 언급했듯이, 다와다는 퀼러의 문장을 인용할 때 과감한 변형이나 생략을 하곤 하기 때문이다. 한 행의 끝을 표시하는 '/' 기호가 다와다의 인용문에서는 원문의 위치와 다르게 나타나는 것도 앞의 변형이 단순한 착오만은 아님을 짐작하게 한다. 이 책에서는 퀼러 작품에서 행의 끝을 나타내는 '/' 기호를 표기할 때 원문이 아닌 다와다의 표기를 기준으로 따랐다.

요. 세상에는 얼마나 많은 유령이 있을까요? 얼마나 많은 대명사가 있을까요? 모든 것이 '중요합니다zählen'. 왜냐하면 하나가 아닌 것으로 존재한다는 사실이 중요하기 때문이죠.

인칭대명사는 우리 인간을 다정하게도, 인격적으로도 대하지 않아요. 그것은 우리를 익명적이고 교환 가능한 존재로 만들지요. 아주 많은 사람이 '그녀'가 될 수 있어요. 독일어에서는 호모 사피엔스뿐만 아니라, 고양이, 심지어 찻잔조차도 '그녀'가 될 수 있지요. 마찬가지로 왕, 개 또는 일회용 티백도 '그'일 수 있습니다. 그것이 사람이든 동물이든 물건이든 상관없이 그녀, 그것, 그라는 세 개의 서랍 중 하나에 내던져집니다. 여기서는 문법이라는 왕조 아래 절대적인 평등이 지배하죠. 가위, 뱀, 여왕에게는 '관사'라고 불리는 동일한 왕관이 수여됩니다. die, das, der.* 누가 어떤 왕관을 받게 될지는 겉모습과 아무 관련이 없어요. 몸에 달린 특정한 생식기와 무관함은 말할 것도 없고요. 누가 '그녀'가 되는지는

---

* 독일어 정관사에는 성이 있다. die, das, der는 각각 여성, 중성, 남성 정관사다.

임의적으로 결정되므로 그 이유를 설명할 수 없어요. 하지만 그것은 합의된 것이어서 함부로 바꿀 수 없죠. 한마디로 '자의적'인 것이죠. 일반적으로 가위가 왜 가위라고 불리는지를 설명하기 위해 이 개념을 사용합니다. 가위는 전혀 다른 이름으로 불릴 수도 있었으니까요. 이름이 다르게 불릴 수 있었을 뿐만 아니라, 남성명사가 될 수도 있었을 겁니다.[*] 하지만 그렇다고 해서 정말로 불편해할 사람은 거의 없을 거예요.

지루할 때면 저는 가끔 가위가 왜 여성명사인지, 무엇보다 이러한 성별 지정이 이 도구의 기술적 발전에 영향을 주었는지에 대해 생각해봅니다. '가위'라는 단어가 남성이었다면, 어쩌면 그 형태가 달라졌을지도 모르죠. 가위는 두 개의 둥근 형태를 지니고 있는데, 그 모양이 제게 가슴이나 엉덩이를 떠올리게 합니다. 다른 한편 대부분의 가위는 뾰족한 남근 형태를 띠고 있죠. 성적 연상은 직선이 아니라 그물처럼, 가끔은 폭죽처럼 펼쳐집니다. 그 안에서 두

---

[*] '가위'를 의미하는 독일어 'Schere'는 여성명사다.

성별이 정치적 논쟁을 할 때보다 훨씬 더 빠르게 서로 녹아들죠.

가위가 문법적으로 여성이라는 사실은, 첫째로 문법적 성이 생물학적 성과 무관하다는 것을, 둘째로 이 빈자리를 성적인 환상으로 채울 수도 있지만 반드시 그렇게 해야만 하는 것은 아님을 보여줍니다. 오히려 '여자'라는 단어에서 여성성을 발견하기 위해서는 제게 무성애적인 환상이 필요해요.

1980년대에는 저에게 비교적 큰 자유가 있었어요. 글을 쓰는 여성은 '여성 작가'라고도, 그냥 '작가'라고도 불릴 수 있었죠. 오늘날 여성 작가를 단순히 작가라고 지칭한다면 문법적인 오류로 여겨질 거예요. "작가†는 거짓말을 즐겨 한다"라는 문장은 1980년대 당시에는 여성 작가와 남성 작가 모두에게 적용될 수 있었죠. 그런데 오늘날 같은 문장은 여성이나 다른 젠더를 배제하며, 심지어 여성 작가가 남성 작가보다 거짓말을 덜 할 것이라는 암시를 주

---

† 독일어로 'Der Autor'라는 단어는 작가 전체를 가리킬 수도 있고 남성 작가를 가리킬 수도 있다. 독일어에서는 일반적으로 남녀 모두를 포괄하는 직업명으로 남성명사를 사용한다.

기도 합니다.

여성을 포함하기 위해 사람들은 '여성 작가와 남성 작가'라고 말하기 시작했어요. 하지만 그 결과, 여성과 남성이 아닌 사람들은 모두 이 표현에서 배제되었죠. 우리가 당시에 '작가der Autor'라는 단어에 담긴 남성성을 순수하게 문법적인 것으로 받아들였다면, 그 단어는 여성이나 다양한 다른 정체성을 배제하지 않았을 겁니다. 문법적 남성을 모든 인간을 대표하는 방식으로 사용하는 것에 문제가 없진 않지만, 공정하지 못한 배제의 문제가 생겨난 것은 언어 때문이 아니고, 오히려 그 문제가 언어를 바라보는 방식에 영향을 준 것이죠.

이를 바꾸기 위해 꼭 언어가 바뀌어야 하는 것은 아닙니다. 그렇다고 제가 언어를 바꾸는 일에 원칙적으로 반대하는 것은 아니에요. '변해야 하는 것은 언어가 아니라 사회다'라는, 이제는 상투적으로 굳어버린 주장은 우리에게 별로 도움이 되지 않으니까요.

요즘 언어 속 젠더 문제는 역사와 사람들의 의식 속에 깊이 얽힌, 풀기 어려운 매듭 같은 주제로 많은 주목을 받고 있어요. 저는 그것을 문제로 보기보다는, 오히려 호기심을 품고 영감의 원천으로 바라보고 싶어요. 특히 흥미로운 것은 모든 성별을 포괄하거나 성별 구분이 없다고 여겨지는 대안적 인칭대명사예요. 젠더 포괄적인 형태로는 모든 젠더를 포괄해야 하는 'si*er', 'sier*',[*] 'hen',[†] 'they',[‡] 'xier'[§] 같은 것이 있어요. 'xier'라는 대명사는 첫음절에 강세를 두어 '익스-이어'라고 발음합니다. 작은 별은 'si*er' 같은 대명사나 'Autor*innen' 같은 명사 안에서 반짝거리죠. 이제는 우리 모두 이 작고 날카로운 별

[*] 'sier'는 독일어권에서 제안된 젠더 중립적인 인칭대명사다. 이 단어는 'sie(그녀)'와 'er(그)'의 합성어로, 젠더 이분법을 극복하기 위해 만들어졌다. 'si*er'와 'sier*'라는 인칭대명사의 중간이나 오른쪽 끝에 있는 젠더 별표는 남성과 여성뿐만 아니라 그 사이의 다양한 젠더들을 포괄하려는 의도로 사용된다.

[†] 스웨덴에서 유래한 젠더 중립적인 인칭대명사다. 이것은 젠더가 밝혀지지 않았거나 젠더를 밝히고 싶지 않거나 밝히는 것이 중요하지 않을 때 '그'나 '그녀' 대신 사용된다.

[‡] 영어권에서 사용되는 젠더 중립적인 대명사로 논바이너리 젠더 정체성을 지닌 사람을 지칭할 때 사용한다.

[§] 독일어권 퀴어 담론에서 제안된 젠더 중립적인 대명사다. 여성형 'sie'와 남성형 'er'를 결합하되 발음상 여성형 'sie'와 혼동할 수 있는 'sier' 대신, 미지의 성별을 상징하는 'x'를 붙여 만든 형태다. 이분법적 성별 구분을 거부하는 젠더 해방적인 의도를 담고 있다.

표에 꽤 익숙해졌어요. 별똥별이 하늘에서 떨어질 때 저는 숨을 멈추고, 남성도 여성도 아닌 모든 성별의 행복한 미래를 기원합니다. 하지만 아시다시피 소망을 말하기에는 별이 떨어지는 순간이 너무 짧아요. 그렇다고 멈추는 시간이 너무 길어져서도 안 돼요. 그렇게 되면 '그녀'와 '그' 사이의 간극이 너무 커져서 그 대명사는 통합의 힘을 잃고 말 테니까요.

인칭대명사 'hen'은 새로운 문법을 사용하는 젠더 중립적인 '노나 체계NoNa System'*에 속합니다. 이 단어는 'hen', 'hens', 'hem', 'hen'으로 격 변화하죠.

저는 지금에서야 독일로 이주한 게 아니라서 다행입니다. 그렇지 않았으면 그 자체로도 충분히 복잡한 기존의 문법 외에 추가로 젠더 에스페란토어를 배워야 했을 테니까요. 혹은 그것을 배우는 대신, 젠더 논쟁보다 다른 문제들이 더 중요하게 여겨지는

* 젠더 중립적인 독일어 사용을 위해 개발되었으며, 논바이너리인 두 개발자 노아(Noah)와 요나(Jona)의 이름을 조합한 명칭이다. 또한 '물론이지' 혹은 '당연하지'를 뜻하는 오스트리아의 구어체 감탄사 'No na!'를 연상시키도록 만들어졌는데, 이는 젠더 중립적인 언어 사용이 사회적으로 당연하게 받아들여져야 함을 강조하는 중의적 의미를 담고 있다.

사회의 한 부분 안에서만 계속 살아가고 있겠죠. 그렇게 되면 저는 아마 대학에서도, 관청에서도 일자리를 얻지 못할 거예요. 하지만 이러한 관점이 모든 언어 개혁에 반대하는 논거로 사용되어서는 안 됩니다. 언어의 혼란을 즐길 수 있는 사람은 다양성을 다룰 수 있는 법이니까요.

'hen', 'hens', 'hem', 'hen'. 이 새로운 대명사들은 제 귀에는 마치 스웨덴어처럼 들리고, 그래서 진보적으로 느껴져요. 이러한 대명사들은 오스트리아식으로 들리기도 하죠. 제가 말하고자 하는 것은 모차르트의 음악처럼 들린다는 뜻이 아니라, 에른스트 얀들의 시 「언어에 대하여von einen sprachen」처럼 들린다는 말이에요. 이 시는 다음과 같이 시작해요.

타락한 언어들로 쓰고 말하는 것
그것은 하나의 시위, 그것은 보여주는 것
그 언어가 어디까지 와버렸는지를: 그의 쓰레기 같
은 삶을 그는 이제 말이라는 삽으로 퍼 담는다[11]

† "schreiben und reden in einen heruntergekommenen sprachen / sein

이 시에서는 전통적인 문법을 고려하지 않은 채, 격 변화하거나 동사 변화하는 단어들은 모두 n으로 끝납니다. 언어가 '타락했다'는 말은 언어의 변신을 쉽게 받아들일 수 없는 사람들이 하는 전형적인 불평이에요. 예를 들어 그들은 젊은이들의 언어가 타락했다고, 키츠 독일어Kiezdeutsch*도 타락한 언어라고, 외국인 때문에 독일어가 타락했다고 불평합니다. 얀들의 이 시는 이러한 불평을 반어적으로 재현하죠. 이 시에 담긴 위트는 '타락한' 언어로 불평이 이루어지지만, 바로 그 언어가 시의 흐름 속에서 뜻밖에도 표현력을 얻게 된다는 데 있어요. 사실은 언어뿐만 아니라, 뭔가 다른 것, 명명되지 않은 것, 어쩌면 말로 표현할 수 없는 것이 '타락했음'이 점점 분명해지죠. 하지만 우리가 그것에 대해 말할 때 사용하는 이 언어 바깥에는 다른 언어가 존재하지 않아요. 따라서 더 깨끗한 언어의 존재를 믿는 것은 환

ein demonstrieren, sein ein es zeigen, wie weit / es gekommen sein mit einen solchenen: seinen mistigen / leben er nun nehmen auf den schaufeln von worten"

* 베를린, 함부르크 등 이민자들이 많이 사는 다문화 도시 지역 청소년들이 사용하는 독일어를 의미한다.

상에 지나지 않을 거예요. 더 나은 언어를 발명할 수 있다는 생각은 말할 것도 없고요. 우리는 이 단 하나의 '타락한' 언어로만 말할 수 있을 뿐이에요. 그러한 언어를 미화하지 않고서 말이죠. 그래서 이러한 언어 자체를 말하는 것이 무슨 일이 일어났는지를 드러내는 하나의 시위가 됩니다.

그리고 그것을 드러낸다, 악취 나는 더미로서
그것들이 그러하다는 것을. 더 이상 미화는 없다
더 이상 가장도 없다. 혹은 말들이 있다, 악취 나는
말들
타락한 언어들조차 ― 어떤 경우든 말들은
진짜 얼굴 앞에 놓인 가면이다
얼굴은 썩어 문드러진 채
나병을 앓고 있다. 이것은 질문이자 살인이다.† 12

† "und es demonstrieren als einen den stinkigen haufen / denen es seien.
es nicht mehr geben einen beschönigen / nichts mehr verstellungen.
oder sein worten, auch stinkigen / auch heruntergekommenen
sprachen ― worten in jedenen fallen / einen masken vor den wahren
gesichten denen zerfressenen / haben den aussatz. das sein ein fragen,
einen tötenen."

　문명의 역사가 처음부터 악취를 풍긴다면, 언어 또한 악취 나는 더미일 수 있습니다. 그렇다면 향기로운 언어를 말한다는 것은 위선이겠죠. 쓰레기 더미 한가운데에 분노와 쾌락이 자리하고 있어요. 그것들을 골라내는 것이 분리수거 방식이라면, 모든 악취를 풍기는 것을 끌어들여 음악을 만들어내는 것은 프리 재즈의 정신에 부합할 거예요.

　에른스트 얀들은 1980년대와 1990년대에 다양한 재즈 음악가들과 집중적으로 협업했어요. 특히 음악가 디터 글라비쉬니히와의 공동 작업으로 탄생한 작품 〈라우트 운트 루이제Laut und Luise〉'*는 '재즈와 서정시'라는 장르에 지속적인 영감을 주었죠. 시의 음향을 만들어내기 위해 에른스트 얀들은 독일어 문법을 확장하는 데 주저하지 않았어요.

　「언어에 대하여」라는 시에서 여러 단어가 'n'으로 끝나면서 독특한 언어 리듬이 생겨납니다. 이 리듬은 특히 시인 자신이 이 시를 낭독하는 방식에 따라

---

*　독일어로 'laut und leise'는 '시끄럽고 조용하게'라는 의미인데, 얀들은 여기서 'leise' 대신 '루이제(Luise)'라는 사람의 이름을 사용하여 'Laut und Luise'로 바꾸어놓는 언어유희를 벌인다. 이를 통해 전통적인 표현을 해체하고 새로운 리듬, 소리, 의미를 만들어내는 실험을 하는 것이다.

때로는 도발적으로, 때로는 익살맞게 들리죠. 그런데 저는 분노로부터 또한 어떤 슬픔이 솟구쳐 나옴을 느낍니다. 가장 좋아하는 장난감을 집어던져 음악을 만들어내는 창의적인 아이처럼, 시인 역시 마지막에는 홀로 폐허 속에 서 있게 됩니다. 그에게는 많은 청중이 있었습니다. 하지만 그가 떠나고 난 뒤 누가 이 음악을 계속해서 혹은 다시 연주할 수 있을까요? 행위 예술은 문자 문화에는 낯선 이런 슬픔을 잘 알고 있죠. 오늘날에는 많은 대명사가 새롭게 발명되고 있습니다. 그 대명사들이 퍼포먼스처럼 점차 잊힐지, 아니면 문자 문화 속으로 들어가 살아남을 수 있을지는 아직 불분명해요. 하지만 행위 예술이 국립도서관에서 아주 빠르게 영원한 은퇴를 맞이하는 책들보다 결코 가치가 적은 것은 아니에요.

일본어 문법에는 성이 없어요. 남자라는 단어도 '남성'이 아닌데, 이는 결코 젠더 운동의 결과로 그렇게 된 것이 아니라, 이전부터 늘 그래왔어요. 그렇다고 해서 그 언어가 이국적인 것은 아니에요. 영어에서도 '작가'라는 단어는 남성이 아니고, 여성과 남성 그리고 그 밖의 모든 성별을 지닌 글 쓰는 사람을 지칭하니까요. 영어가 독일어와 친족 관계에 있기 때문에, 저는 독일어에서 '작가'라는 단어가 현실적인 측면에서는 성별 구분이 없을 수도 있겠다는 의심이 듭니다. 즉 '나무'라는 단어가 남성이듯이, '작가'라는 단어도 문법상으로만 남성인 것이죠.

아니면 이것은 젠더를 잊어버린 영어가 거둔 성과였을까요?

영어가 이처럼 젠더 구분을 없앤 것은 일찍부터 많은 외국인이 영어를 사용했기 때문일까요? 그렇다면 외국인들의 중요한 임무는 부지런히 문법적 실수를 하면서 독일어 문법을 좀 더 단순한 형태로 다듬어가는 일일지도 모릅니다.

1980년대에 어느 독일의 소도시에서 하룻밤을 묵은 적이 있습니다. 아침 식사 자리에서 제가 석사 학위를 막 마쳤다고 말하자, 여관 여주인은 웃으며 '마기스터 Magister'*라는 말은 자신에게 수염이 난 중년 남성을 떠올리게 한다며 그래서 제게는 어울리지 않

* 라틴어에 기원을 둔 단어로, 중세 유럽 및 독일어권에서 주로 교회나 학교의 '선생'이나 '스승'을 의미했다. 독일 대학에서는 과거에 학·석사 통합 과정의 학위 명칭으로 'Magister'를 사용했으나, 유럽 학제 통합(볼로냐 프로세스) 이후 오늘날은 한국과 마찬가지로 학사(Bachelor)와 석사

는다고 말했습니다. 저는 이 도시의 젊은 여성들 대부분이 수염이 없어서 대학에서 공부하지 않는 것일까라고 속으로 생각했습니다. 당시 석사 학위는 제가 대학에서 받은 첫 번째 학위였어요. 만약 그 이름이 '여자 석사 학위'였다면, 이 소도시에서 더 많은 여성이 대학에 다녔을까요? 어쩌면 그럴 수도 있겠죠. 하지만 명사 하나 변한다고 해서 사람들의 태도가 달라지지는 않을 거예요. 오히려 그 반대여야 하죠. 즉 언어는 시대의 거울로서 언어 경찰의 통제를 받지 않고 스스로 변해야만 해요.

직업 명칭에 'y'라는 접미사를 붙이자는 제안이 있어요. 'Arzt'나 'Ärztin'† 이라고 말하는 대신 'Arzty'라는 단어를 사용하자는 거죠. 이 형태의 창안자인 독문학자 토마스 크론쉴레거는 2021년 4월 10일 자 『슈테른Stern』과의 인터뷰에서 이렇게 말합니다. "이

<hr>

(Master)를 구분하는 체제로 대부분 전환되었다.

† 'Arzt'는 일반적인 직업명으로서 '의사'를 뜻하며, 문법적으로는 남성형이고 의미상으로도 남성 의사를 가리킬 수 있다. 반면 여성 의사를 지칭할 때는 이 단어에 여성형 접미사 in을 붙이고, 변모음을 통해 Ärztin으로 바꾼다.

표현을 처음 쓴 사람은 제가 아니고, 이미 30년 전에 헤르메스 페트베르크가 빈의 주간지 『팔터 Falter』의 칼럼에서 이 표현을 사용했어요.” 크론쉴레거는 인간을 임의로 어떤 범주에 분류하기보다는 인간에게 어떤 성별도 부여하지 않는 편이 더 정확하다고 말합니다.

　일본어에는 여성 판사와 남성 판사를 구분하지 않고 ‘사이반칸裁判官’이라는 하나의 단어만 있으며, 여성 상인과 남성 상인도 ‘쇼닌商人’이라는 하나의 단어로 표현됩니다. 하지만 유감스럽게도 언어에 젠더가 없는 것이 여성들의 직업 선택에는 아무런 영향을 주지 못했어요. 독일어권 국가보다 일본에 여성 판사와 여성 상인의 숫자가 훨씬 적으니까요. 아직 여성 판사가 극도로 드물던 시절에 사람들은 그들을 ‘온나벤고시女弁護士’(온나＝여성, 벤고시＝판사*)라고 불렀어요. 오늘날에는 이 말이 성별을 부각하기

---

* 　‘벤고시’는 원래 일본어로 ‘변호사’를 의미한다. 하지만 일본에서는 여성 판사가 여성 변호사보다 약 10년 늦은 1949년에야 등장했으며, 당시에는 여성 판사를 지칭하는 고유한 표현이 존재하지 않았다. 물론 판사를 지칭하는 ‘사이반칸’이라는 중립적인 단어가 있어서 ‘온나사이

때문에 반어적인 뉘앙스를 띠기도 하고(최선의 경우에는 '7인의 여변호사7人の女弁護士'라는 범죄 드라마 제목†처럼 유쾌하게 들릴 수도 있지만), 최악의 경우에는 조롱 섞인 뉘앙스를 갖기도 합니다. 이런 이유로 저는 '여성 작가Schriftstellerin'라는 단어에 붙는 여성형 접미사 'in'이 결코 마음에 들지 않았어요. 하지만 이것은 저의 생애적 배경에서 비롯된 지극히 개인적인 감정일 뿐이에요.

『어떻게 성별 다양성을 고려하여 쓸 것인가? 어떻게 성차별 없이 말할 것인가?Wie schreibe ich divers? Wie spreche ich gendergerecht?』13라는 젠더와 언어에 관한 개론서에서는 성차별 없이 말할 수 있는 다양한 가능성

반칸'이라는 표현이 가능했지만, 사람들이 이미 존재하는 '온나벤고시'라는 표현에 익숙해 있었고 '사이반칸'은 남성적 직업이라는 인식이 강해 언어적 왜곡이 발생한 것이다. 그 결과로 사람들은 여성 판사를 어떻게 불러야 할지 몰라, 이미 존재하던 '온나벤고시(여자 변호사)'라는 표현을 비전문적으로 판사에게도 사용한 것이다. 따라서 이 문맥에서 '온나벤고시'는 넓은 의미의 '여성 법조인'을 가리키는 표현으로 이해할 수 있다.

† 〈7인의 여변호사〉는 원래 법정 드라마이지만, 다와다는 그 제목이 마치 범죄 드라마 제목처럼 유쾌하게 들린다는 의미에서 그러한 장르 명칭을 사용한다.

을 나열하고 설명합니다. 저는 명사에 관한 표를 통해 저와 관련된 단어인 '작가'를 어떻게 성차별 없이 말할 수 있을지 배우고자 했어요. 'Schriftstellerin(여성 작가)'*이라는 단어를 발음하기도 몹시 힘든데, 표에는 그보다 훨씬 더 발음하기 힘든 'Streitschlichterin(여성 중재자)'†이라는 예시가 들어 있더군요.

그것을 발음하기 어려워하는 사람은 이미 이 지점에서 성별 구분이 없는 버스에서 하차해야만 해요. 저는 왜 거의 사용되지 않는 단어가 예시로 선택되었는지 잘 모르겠어요. 제가 즐겨 하는 추정에 따르면, 문법책에 나오는 모든 예문 뒤에는 저자의 억눌린 두려움과 소망이 숨겨져 있어요. 그렇다면 'Streitschlichterin'이라는 단어 뒤에는 무엇이 숨겨져 있을까요? 책 페이지 위에 평화롭게 나란히 쓰여 있는 세 형태는 서로 다투려는 속셈이 있는 걸까요? 판결을 하느니 중재를 하는 편이 좋겠죠. 그래서 평화롭게 계속 진행하겠습니다. 왼쪽에는 예를 들어 전통적인 형태인 '여성 중재자/남성 중재자^{die}

---

* '슈리프트슈텔러린'이라고 발음한다.
† '슈트라이트슐리히터린'이라고 발음한다.

Streitschlichterin/der Streitschlichter'가 있습니다. 중간에는 특히 젠더 포괄적 형태인 '중재자die*erStreitschlichter*in' ‡가 있고, 오른쪽에는 성별 구분이 없는 형태인 '분쟁을 중재하는 사람Mensch, der Streit schlichtet'과 새로운 형태인 '중재하는 존재dens Streitschlichtens' § 그리고 '중재하는 한 존재einens Streitschlichtens' **14도 나와 있습니다.

이 지점에서야 저는 왜 '작가Schriftsteller'라는 예시를 사용할 수 없는지 알게 됩니다. 이 단어를 성별 구분 없이 바꿔 쓰면, 'Mensch, der Schrift stellt(글자를 세워놓

‡ 앞쪽에는 독일어 여성 정관사 die와 남성 정관사 der 외의 젠더를 포괄할 수 있도록 그 사이에 젠더 별표를 집어넣었고, 마찬가지로 마지막에 여성형 접미사 in 앞의 젠더 별표 역시 남성과 여성 사이의 다양한 젠더를 포괄하는 의미를 갖는다.

§ dens Streitschlichtens는 실제 독일어 문법에는 없는 실험적 표현으로, 동사 streitschlichten(분쟁을 중재하다)을 명사화하고 남성 4격 정관사 den에 s를 붙여 새로운 중성형 정관사처럼 구성한 조어다. 성별 구분 없이, 중재 행위 자체를 수행하는 존재를 가리키기 위해 만들어진 급진적인 젠더 중립 언어 실험이다.

** dens Streitschlichtens와 비슷한 구조인데, 여기서는 정관사 대신 부정관사 형태인 'einens'가 사용된다. einen은 남성 4격 부정관사인데 s를 붙여 새로운 중성형 부정관사처럼 만들었다. 이것 역시 성별 구분을 탈피하면서도 '특정하지 않은 하나의 존재'를 표현하려는 시도다.

는 사람)'가 될 테니까요.* 그런데 글자를 세워놓는다는 생각이 제 마음에 드네요. 이 직업의 핵심은 글자를 세우는 것이고, 글자를 서 있을 수 있는 것 자체로서 다루는 것이니까요. 저는 글자를 바닥에 내려놓거나, 인쇄소에서 조판하게 하거나, 석판에 새길 수 있겠지만, 글자가 풍경의 일부가 되도록 거기에 세워둘 수도 있을 겁니다.

표에서 관습적이라고 지칭된 표현인 '여성 중재자/남성 중재자die Streitschlichterin/der Streitschlichter'도 저에게는 이미 개혁된 형태로 느껴집니다. 만약 제가 시간을 되돌릴 수 있다면, 훨씬 과거로 돌아가 'der

---

* '(남성)중재자(Streitschlichter)'라는 단어를 성별 구분 없이 바꿔 쓰면 'Mensch, der Streit schlichtet(분쟁을 중재하는 사람)'가 된다. 여기서는 복합명사인 'Streitschlichter'를 구성하는 단어들인 'Streit(분쟁)'와 'schlichten(중재하다)'의 연결이 자연스럽게 이루어진다. 반면 Schriftsteller라는 단어를 같은 방식으로 바꾸면 'Mensch, der Schrift stellt(글자를 세우는 사람)'가 되는데, 이는 매우 어색하게 들린다. 그래서 다와다는 『어떻게 성별 다양성을 고려하여 쓸 것인가? 어떻게 성차별 없이 말할 것인가?』의 저자들이 이 단어 대신 더 발음하기 힘든 'Streitschlichter'라는 단어를 예시로 골랐을 것이라고 추측한다. 다른 한편 다와다는 '단어를 세우다'라는 말을 그저 부적절하거나 어색한 말로만 여기지 않고 이로부터 새로운 영감을 받아 그 의미에 대해 성찰하며 새로운 결론을 이끌어내려고 한다.

Streitschlichter'라고만 말하고 그 하나로 모든 성별과 젠더를 아우르고 싶어요. 저는 그렇게 하는 것이 더 좋아요. 무엇보다 이렇게 함으로써 문법적으로 남성인 모든 단어가 점점 남성적인 어감을 갖게 되는 현상을 피할 수 있을 테니까요. 하지만 그건 가능하지 않아요. 시계를 되돌릴 수는 있어도, 시간을 되돌릴 수는 없으니까요.

젠더 별표를 사용하는 젠더 포괄적 형태는 오늘날 공적인 공간에서 놀라울 정도로 빠르게 확산되고 있어요. 그것이 '놀랍다고' 느껴지는 이유는, 언어에 특별한 애착을 지닌 사람들은 어떤 변화든 신체적으로 고통스럽게 느끼기 때문이죠. 그들은 'daß'라는 단어의 'ß'를 더 이상 'ß'가 아니라, 'ss'로 쓰는 것을 오랫동안 받아들이지 못했죠. 제가 고민하는 지점은 젠더 별표, 'Arzty'라는 단어 또는 'hen'이라는 대명사를 제 문학 텍스트에서 사용할 수 있는지에 관한 것이에요. 어쩌면 새로운 형태 가운데 하나가 전통적인 형태보다 젠더에 관한 제 견해에 더 잘 부합할 수도 있겠죠. 저는 늘 성별이 두 개 이상 존재하며 그 중 어느 하나에 자신을 가두고 싶지 않다고 생각해왔으니까요. 하지만 저는 알파벳의 소리와 형상에 감정적으로 연결되어 있습니다. 이런 감정은 과거에 대한 기억과 떼어놓을 수 없고, 이 과거는 우리가 더 이상 받아들일 수 없는 낡은 이데올로기가 굳건히 자리 잡고 있는 시간이에요.

이쯤에서 잠시 말을 멈추고자 합니다. 아니, 더 정확히 말하면 '말을 멈추는 순간'이라는 표현 수단에 대해 생각해보려 합니다. 널리 통용되는 젠더 포괄적 형태는 젠더 별표를 사용하는데, 이 표시는 말할 때 휴지부로 실현되죠. 예를 들어 'Schriftsteller*innen'처럼요. 이러한 형태를 비판하고 말을 멈추는 순간을 어색하게 느끼는 사람들에게 이렇게 말할 수 있을 거예요. 그 멈춤이 단어 한가운데에서 가능하고, 심지어 독일어의 일부가 되기도 한다고요. 예를 들어 'Spiegelei(달걀프라이)'*라는 단어를 말할 때도 우리는 자동적으로 잠시 멈추게 되죠.

중간에 휴지부 없이 한 번에 발음되는 'Spiegelei'는

---

* '슈피겔-아이'라고 발음하며, '슈피겔'과 '아이' 사이에서 잠시 말을 멈춰야 한다.

모든 것을 두들겨 부수는 'Schlägerei(패싸움)'라는 단어와 비교해볼 수 있을 거예요.† 만일 'Schlägerei'라는 단어를 말하는 도중에 잠깐 멈추고 'Schläger-Ei'처럼 끊어 말한다면,‡ 또는 'Prügelei'를 'Prügel-Ei'로 바꿔 구워낸다면, 폭력도 더 줄어들 거예요. 멈춤은 '중재자Streitschlichter*innen' 없이도 평화를 제안하는 하나의 방법이 될 테니까요.

'Mandelaugen(갸름한 눈)', 'Pfaueninsel(공작섬)', 'Packesel(짐을 나르는 당나귀)'처럼, 말할 때 잠시 멈추게 되는 단어들을 모아보니 제가 이 단어들을 발음할 때 실제로 멈추는 것이 아니라, 단어의 앞부분이 끝나는 지점과 뒷부분이 시작되는 지점을 단

---

† '슈피겔-아이'를 중간에 멈추지 않고 '슈피겔라이'라고 발음하면, 이는 '패싸움'을 의미하는 '슐레거라이'와 발음이 비슷해진다.

‡ 일반적으로 'Schlägerei'는 중간에 멈추지 않고 '슐레거라이'라고 발음해야 하지만, 중간에 잠시 멈추고 말한다면 '슐레거-아이'가 된다. 그런데 독일어 단어 'Ei'는 달걀을 의미한다. 그래서 이어서 나오는 '구타'를 의미하는 단어 'Prügelei'는 원래 '프뤼겔라이'라고 발음해야 하지만, 마찬가지로 발음 중간에 잠시 멈춘다면 '프뤼겔-아이(Prügel-Ei)'가 되기 때문에 언어유희적으로 'Prügel-Ei'를 구워낸다고 말한 것이다. 이처럼 '구타'라는 단어를 말할 때 중간에 잠시 멈춤으로써 '달걀'이 생겨나기 때문에, 다와다는 이 단어가 이러한 휴지부로 인해 덜 폭력적으로 들린다고 말한다.

지 연결하지 않을 뿐임을 알게 되었어요. 예를 들어 'Packesel'을 말할 때, 저는 'Pack'의 'k'를 'Esel'의 'e'와 이어서 발음하지 않아요. 이처럼 복합어를 발음할 때 연음하지 않는 것은, 젠더 다양성을 위해 멈추는 발화 휴지와는 전혀 다른 기능을 지닙니다. 말하자면 복합어의 경우, 멈춤은 단어를 구성하는 두 부분을 서로 분리하는 기능을 하죠. 반면 'Schriftsteller*innen'이라는 단어에서 우리가 발화 휴지나 젠더 별표를 사용하는 것은 'Schriftsteller'와 'innen'을 분리하기 위한 것이 아니라, 모든 젠더를 포괄하는 새로운 공간을 열어주기 위해서죠.

명사의 성 구분은 외국인에게 정말 어렵고 고통스러운 일이에요. 예전에 제 독일어 선생님은 수업 시간에 우리에게 관사에 대해 고민하지 말고, 처음부터 그것을 단어의 일부로 받아들이라고 말씀하셨어요. '공(모양의 것)'을 뜻하는 'Kugel'은 여성명사이고, '공'을 뜻하는 'Ball'은 남성명사라는 사실을 기억하기란 쉽지 않아요. 그래서 우리는 'die Kugel'을 하나의 단어처럼 외워야 하며, 결코 그냥 관사 없이 'Kugel'만 따로 말해서는 안 됩니다. 여기서 'die'라는 관사는 공에 여성적 특성을 부여하는 것이 아니라, 'Kugel'이라는 단어의 일부예요. 마치 성별과 무관한 기계 부품처럼 말이죠. 그래서 'Diekugel'이 하나의 단어가 되어야 해요.

저는 제 선생님의 방식을 적용해 'Diekugel'이나 'Diegabel'*을 매번 마치 한 단어처럼 반복해서 말해보았어요. 하지만 제 머릿속에서는 자동적으로 관사가 중요하지 않은 정보로 간주되어 지워졌어요. 관사와 명사 사이의 균형을 맞추기 위해, 저는 'Diegabel'을 줄여서 인위적으로 만든 두 음절의 단어 'Diga'를 반복해보았어요. 그러자 'Diegabel'이라는 완전한 단어가 제 머릿속에서 조용히 메아리쳤어요. 'Derlöffel'도 중간까지만 발음해서 'Derlö'라고 말한 적도 있었죠. 언젠가 한 인터넷 사이트에서 명사의 34퍼센트가 남성이고, 46퍼센트가 여성이라는 기사를 읽은 적이 있어요. 저는 대부분의 시간을 집필실에서 보내기 때문에 대부분의 단어가 남성이라

---

* 'Gabel'은 여성명사로 '포크'를 의미한다. 그래서 앞에 여성 정관사 die가 붙는다.

는 느낌을 받았어요. '책상der Schreibtisch', '연필der Stift', '의자der Stuhl', '서류철der Ordner'처럼요. 그 방 안에는 남성들만 있었죠. 나무로 만든 남성, 플라스틱으로 만든 남성, 종이로 만든 남성들이요. 그렇다면 46퍼센트나 되는 여성들은 다 어디 있는 걸까요? 다행히 옆방에 '커튼die Gardine'이라는 한 여성이 있네요. 저는 발코니 문 쪽으로 가서, (여성인) 그 문을* 열고, (마찬가지로 여성인) 물뿌리개를 발견합니다. 갑자기 '식물die Pflanze', '꽃die Blume', '모기die Mücke' 같은 여성명사들만 눈에 들어오네요. 이처럼 집필실보다는 발코니에서 더 많은 여성을 만날 수 있습니다.

저는 '물뿌리개Gießkanne'를 손에 들다가, 문득 'Kanne'라는 단어가 안네†처럼 들린다는 생각이 들었어요. 그래서 '주전자Kanne'가 여성인가 봐요. '큰 통Tonne', '욕조Wanne', '거미Spinne', '태양Sonne'도 여성명사죠. 하지만 안네는 품위 있는 여성이기 때문에 '쓰레기통Mülltonne'이나 '독거미Giftspinne'와 함께 묶여 취급받고 싶어 하지 않을 거예요. 문법적인 성은

*　'발코니 문(Balkontür)'은 여성명사다.
†　'안네(Anne)'는 여성 이름이다.

모든 단어를 세 부류로 나누는 기준이며, 그 어떤 것도 존중하지 않아요. '대통령Der Präsident', '왕Der König', '백만장자Der Millionär'처럼 아무리 큰 권력과 돈을 가져도, 그들은 대명사로서는 햄스터처럼 그냥 단순한 '그er'일 뿐이에요.

인칭대명사의 성을 개인적으로 받아들이는 사람이라면, 자주 모욕감을 느낄 수밖에 없다고 말할 수도 있겠네요.

3인칭이 지닌 이상한 뉘앙스를 처음 경험한 것은 제가 막 독일에 도착해 함부르크의 한 회사에서 인턴으로 일하던 때였어요. 그 회사는 독일어 책들을 외국으로 수출했는데, 도쿄에서 서점을 운영하며 그 책들을 수입하던 제 아버지가 어느 날 함부르크에 있는 이 회사를 방문하셨어요. 아버지와 회사 사장 그리고 저, 이렇게 셋이 테이블에 마주 앉았습니다. 저는 아버지의 말씀을 통역했는데, 그 과정에서 아버지를 '그'라고 지칭했어요. 예를 들면 "그는 배송 속도에 만족한다고 하셨어요" 또는 "그는 앞으로 대학 도서관보다 개인 고객을 더 많이 응대할 예정이라고 하셨어요" 같은 문장들이죠. 거의 모든 문장에서 적어도 두 번은 '그^{er}'라는 대명사를 썼던 것 같아요.* 그러다가 어느 순간 회사 사장이 말했죠. 당사자 앞에서 그 사람을 가리켜 '그'라고 말하는 것은 무례한 행동이라고요. 그 순간 저는 번개에 맞은 듯 깨달았어요. '그'라는 말은 그것이 지시하는 사람이 그 자리에 없을 때만 쓸 수 있다는 사실을요.

그 사람이 그 자리에 함께 있다면, 직책이나 이름을 부르는 것이 더 적절할 거예요. 그렇지 않으면 상대를 무시하는 것처럼 들릴 수 있으니까요. 3인칭 대명사는 당사자를 유년 시절의 허구적인 기억이나 실제 기억 속으로 되돌려놓습니다. 마치 부모님이나 선생님이 아이가 옆에 없다는 듯, 그 아이에 대해 논의하는 것처럼요. 이때 3인칭으로 지칭되는 아이는 그 대화에 대해 아무런 발언권이 없어요.

한마디도 하지 않은 채, 후보자 자격으로 어떤 위원회 회의에 앉아 있는 것은 악몽 같은 일일 거예요. 그 자리에서는 마치 그들이 대상에 불과한 듯 '그녀'

---

* 앞에서 "그는 배송 속도에 만족한다고 하셨어요"라는 문장의 독일어 원문은 "Er sagte, er sei zufrieden mit der Schnelligkeit der Lieferung"인데, 여기서 'er'라는 단어가 두 번 사용된다.

또는 '그'에 대한 이야기가 계속 오갈 테니까요. 실제로 그들은 토론의 대상일 뿐이에요.

친구들 사이의 대화에서조차 A라는 사람이 B에게 C가 옆에 있는데도 그에 대해 길고 장황하게 이야기한다면 이상하게 보일 거예요. 'C가 어제 생일이었어'처럼 짧게 언급하는 경우라면 대명사는 필요하지 않죠. "그래서 그는 참석하지 못했어"라는 또 다른 문장을 생각해볼 수도 있지만, '그'라는 대명사가 들어간 그다음 문장은 왜 C가 자기 이야기를 직접하지 않는지를 설명해줘야 해요.

독일어를 사용하는 트랜스젠더는 3인칭 대명사의 변화를 요구하지만, 여전히 '나'라는 말을 사용합니다. 1인칭 단수를 나타내는 대명사는 오직 하나뿐이기 때문이죠. 가장 직접적으로 나를 표현하는 대명사는 그대로인 반면, 당사자의 부재를 전제로 하는 3인칭 대명사가 젠더에 따라 바뀐다는 사실은 문법이 지닌 아이러니예요.

일본어에는 '나'를 의미하는 여러 단어가 있어요. 일반적으로 소녀와 성인 여성은 '아타시あたし'나 '와타시私'라는 표현을 써요. 반면 소년이나 성인 남성은 '보쿠僕'나 '오레俺'라고 말하죠. 이 중 하나를 고르는 것이 불편해서, 주어가 없는 문장을 자주 썼던 기억이 있어요. 일본어에서는 그렇게 말하는 것이 그리 어려운 일은 아니니까요. 꼭 필요할 때는 '이쪽'이라는 의미의 '곳치こっち'를 대신 쓰기도 했어요. 아마도 저는 특정 젠더로 분류될 수 없는 아이였던 것 같아요.

'나'를 가리키는 단어들 중 하나를 사용해야 하는 문제는 성인이 되면 해결되죠. 성인이 되면 여성과 남성 모두 '와타시'라는 말을 사용하니까요. 여성은 이 말을 사적인 영역에서도 사용하는 반면, 남성은 공적인 영역이나 직장에서 이 말을 사용하지만 집에서는 계속해서 '보쿠'나 '오레'라는 표현을 고수하죠.

'어린 소녀'가 '아타시'라는 대명사를 쓰면 '소녀다운' 느낌이 듭니다. 반면 성인 여성이 이 말을 사용하면, 매우 여성적인 말투로 들리죠. 문장 끝의 '다와だわ'나 '와요わよ' 같은 표현들도 여성성을 강하게 드러내죠. 하지만 늦어도 1950년대 이후로는 생물학적인 여성들이 이런 표현들을 거의 사용하지 않게 되었어요. 반면 일부 트랜스 여성들과 게이들은 이 표현을 젠더의 표식으로 사용합니다. 여성성을 강조하는 특정한 형태의 젠더적 어법을 '오네코토바オネコ言葉'라고 부릅니다. 트랜스 남성도, 게이도 아니지만 이 언어를 사용하는 남성들도 있어요. 이들은 여성복이나 여성의 신체를 동경하지 않지만, 언어적으로는 트랜스베스타이트Transvestit*적인 특성을 보입니다. 트랜스 남성이나 게이 중에서도 이런 언어를 사용하는 사람이 있는가 하면, 혐오하는 사람도 있어요. 이런 언어가 여성성을 강조하기는 하지만, 그것을 가장 사용하지 않을 것 같은 집단은 생물학적 여성이에요.

대학생 때 저는 동베를린에 있는 '민중과 지식Volk und Wissen' 출판사에서 1983년에 출판된 『독일어의 역사Geschichte der deutschen Sprache』라는 책을 한 권 산 적이 있어요. 이 책에서 대명사는 '성별이 있는 대명사'와 '성별이 없는 대명사'로 나뉩니다. 이런 식의 구분이 예전에는 꽤 일반적이었던 것 같아요. '성별이 없는 대명사'로는 '나'와 '너'가 있었고, '성별

***

* '트랜스베스타이트'는 일반적으로 '크로스드레서'라고 번역하지만, 여기서는 다른 이성의 옷을 입는 사람이 아니라, 다른 이성의 말투를 사용하는 사람을 뜻하기 때문에 원어 그대로 사용했다.

이 있는 대명사'에 포함된 것은 훨씬 더 많았죠. 예를 들어 남성 1격을 나타내는 대명사만 해도 'er', 'her', 'he'라는 세 개의 단어가 있었고, 중성대명사로는 'es', 'tz'가, 여성대명사로는 'si', 'sye', 'sie', 'sù'(sü라고 발음함), 'se', 'sez', 'ir', 'er' 그리고 'irer'가 있었습니다.

저는 '성별이 있는'과 '성별이 없는'이라는 구분을 '나'를 말할 수 있는 두 가지 선택지가 있다는 의미로 이해했어요(물론 이것은 저의 오해였죠). 예를 들어 제가 젠더 중립적으로 말하고 싶다면, '성별이 없는' 단어인 '나'를 사용하면 된다고 생각했어요. 반대로 제가 여성이나 남성으로 말하고 싶다면, 3인칭으로 말할 수 있고 성별이 있는 대명사들 중 하나를 사용하면 된다고 여긴 거죠. 가끔은 저 자신에 대해 3인칭으로 말해도 되는 자유가 있으면 좋겠다고 느낍니다. 어떤 특별한 수사적 형태가 아니라, 그저 중간중간 '나'라는 존재에서 잠시 벗어나 숨을 고르기 위해서요.

전통적인 문법 표에서는 대명사를 성, 수, 격에 따라 깔끔하게 분류해서 각기 다른 칸에 집어넣습니다. 그런데 3인칭 단수 여성형인 '그녀_{sie}'가 어째서

3인칭 복수형과 동일한 단어로 사용되는 걸까요?[*] 또한 2인칭 존칭에서도 단수와 복수의 형태는 구분되지 않습니다.[†] 물론 존칭 복수는 대문자로 쓰이지만, 소리 내어 발음하면 소문자든 대문자든 똑같은 크기로 들리죠.[‡]

라틴 문자는 중국 문자에 비해 수는 적지만, 그렇다고 3인칭 단수와 복수를 구분하는 두 개의 다른 단어를 만들기에 부족하다고는 할 수 없을 거예요. 그런데 이렇게 중요한 지점에서 왜 이런 절약 조치를 취하는 걸까요? 제가 그런 질문을 던지면, 아무리 호의적으로 받아들여진다 해도 결국 이방인의 시선에서 나온 산물로 여겨질 뿐이었죠. 저와 더 이상 대명사에 관해 이야기를 나눌 수 없게 된 바르바라 퀼러는 앞서 언급한 책의 "나우시카: 보고서"라는

---

[*] 3인칭 단수 여성 형태를 가리키는 대명사인 'sie'는 복수형일 때도 똑같이 사용된다.

[†] 독일어에서 2인칭 존칭 단수형인 '당신'을 가리키는 말인 'Sie'는 복수형인 '당신들'을 가리킬 때도 똑같이 사용된다.

[‡] 대문자로 쓰는 2인칭 존칭 'Sie(당신)'와 소문자로 쓰는 3인칭 단수 및 복수 대명사 'sie(그녀/그들)'는 모두 '지'라고 똑같이 발음될 뿐만 아니라, 대문자라고 해서 소문자보다 더 크게 발음되지도 않는다는 뜻이다. 즉 문자로는 서로 구분되지만, 말할 때는 그 차이가 전혀 드러나지 않는다.

장에서 이에 대한 응답을 남겼어요.

그녀는 여럿이다. 그들은 하나다.[*]/ 그는 말한
다: "나는 나인 나다"/ 그의 이름은 '아무도 아닌
선장'/ Nemo[†]는 하나의 길을 기억해둔다/ 다섯
감각으로부터 하나의 의미를 그는/ 그들이 세지
않음을 세고, / 내가 중요하지 않기에[‡] 그는 나를/
자신에게서 꺼내어 자신 속에 받아들인다 나는 정
해지지 않은[§]/ 그의 '비자아'다. 그녀가 그가 아닌
존재가 되듯/ 그의 입 안에서 '그녀/그들'의 이름
이/ 이끌려 나온다.[15]

---

[*] 원문은 "그들은 하나다/ 그녀는 여럿이다"로 되어 있다. 다와다는 이
   인용문에서 두 문장의 순서를 바꾸었을 뿐만 아니라, 두 문장을 같은
   행에 집어넣는다.

[†] Nemo는 호메로스의 『오디세이아』에서 오디세우스가 자신을 '아무도
   아니다'라고 부를 때 쓴 이름의 라틴어 형태로, '아무도 아닌 자'를 뜻
   한다.

[‡] 독일어 원문 "da ich nicht zähle"는 "내가 중요하지 않기에"라는 의미 외
   에도 '내가 세고 있지 않기에(숫자화하지 않기에)'라는 의미를 지닌다. 이
   는 존재의 탈중심화 내지 자기의 수치화 거부를 나타낸다.

[§] 원문은 "bin ich sein / sein NichtIch"다. 'sein'을 분절해 배치함으로써
   앞의 'sein'이 be동사의 원형, 소유대명사, 명사 '존재(Sein)' 등으로 읽힐
   가능성을 동시에 열어둔다. 본문에서는 이 다의성을 '정해지지 않은'이
   라는 상태로 옮겼다.

이것은 제 질문에 대한 직접적인 대답은 아니지만, 어쨌든 제가 사유를 계속 이어갈 수 있게 도와주는 충분히 시적인 소재예요. "그녀는 여럿이다. 그들은 하나다." 이 말은 여성 단수인 '그녀'가 동시에 복수로 구상되어 있다는 뜻이에요. 그녀는 하나의 개인으로 설정되지 않았던 거죠. 반면 '그'는 '나', 즉 1인칭 단수로 상정되어 있었습니다.

'그녀'는 그의 '비자아'이고, '너'로 존재하는 것보다 '비자아'로 존재하는 것이 더 어렵습니다. 하지만 문학 속에서 비자아는 넓은 지평을 그려나갈 거예요. 배는 고향으로 돌아오지 않아요. 비자아의 여정은 이제 막 시작되었으니까요. 『아무도 아닌 자의 여자』에 실린 이 장은 다음의 문장들로 끝을 맺습니다.

그녀는 남을 것이다: 그녀는 여럿인 나다[16]

직물로서의 젠더, 풍경으로서의 젠더

영화 〈대니쉬 걸〉(2015)은 1920년대에 성전환 수술을 받다가 사망한 덴마크 화가의 삶을 다룹니다. 이 이야기는 데이비드 에버쇼프의 동명 소설(2002)에 기반을 두고 있고, 이 소설은 다시 화가인 에이나르 베게너와 그의 아내 게르다의 전기를 바탕으로 하고 있죠. 저는 이 영화와 소설을 독자적인 예술 작품으로 다룰 것이고, 결코 역사적 사실에 접근하기 위한 증거 자료로 취급하지는 않을 거예요.

바로 허구라는 점에서 〈대니쉬 걸〉은 '물질성'과 관련된 흥미로운 사유의 형상들을 제공합니다. 지난 50년간 이루어진 이른바 여성 문학, 이주민 문학, 포스트식민주의 문학에 대한 연구는 당사자의 진정한 목소리라는 유령을 쫓는 일이 생산적이기보다는 오히려 분열적인 결과를 낳을 수 있음을 보여주었어요. 저는 그 유령을 쫓아다니지 않을 거예요. 허구라는 숲에서는 재료의 물질성에 매혹되는 편이 더 나으니까요. 여기서 말하는 재료는 옷을 만드는 천을 뜻하기도 하지만, 작품을 구성하는 소재를 의미하기도 하죠. 이 재료는 당사자와 비당사자 사이에 경계를 긋지 않아요.

에이나르 베게너는 덴마크 화가로, 30대 중반이며 게르다라는 여성과 결혼했어요. 게르다는 초상화가로 일하고 있죠. 그녀는 주문 작업과는 별개로 자신만의 예술적 길을 추구하며 여성들을 그리지만, 그녀의 갤러리 주인은 그녀의 그림을 전시하려 하지 않아요. 에이나르는 그녀가 화가로서 지닌 재능을 확신하지만, 그녀는 아직까지 자신의 예술에 어울리는 모티프를 찾지 못했죠. 반면 그녀의 남편인 에이나르는 전문가들 사이에서 뛰어난 예술가로 인정받고 있지만, 상업적인 성공을 거두지는 못했어요.

게르다와 에이나르는 미술 대학 시절부터 이미 알고 지냈어요. 에이나르는 한 파티에서 두 사람의 관계를 궁금해하는 친구들에게 처음 만났을 때 게르다가 더 '적극적'이었다고 말합니다. 그녀가 그를 '꼬셔서' 키스했지 그 반대가 아니었다는 거예요. 에이나르는 자신이 수동적인 역할을 맡은 것에 만족한

듯 보였어요. 이 장면만 놓고 보면, 에이나르가 수동적인 역할을 선호하는 것이 특정한 젠더 이미지와 연관이 있는지, 아니면 그가 단지 다른 매력적인 남편들처럼 자신의 아내를 더 강한 반쪽으로 소개하고 싶었는지는 아직 분명하지 않습니다.

에이나르와의 첫 키스는 어땠냐는 질문에 게르다는 마치 그녀가 자기 자신에게 키스한 것처럼 짜릿했다고 대답하죠. 에이나르는 게르다보다 겨우 네 살 많아요. 제가 '겨우'라고 말한 이유는 방금 떠오른, 예술가 커플을 다룬 또 다른 영화들에서는 남녀 간의 나이 차가 훨씬 더 크기 때문이죠.

그 영화들 가운데 하나는 멕시코 화가 프리다 칼로의 삶을 다룬 〈프리다〉(2002)예요. 프리다 칼로는 1907년에 태어났으며, 1886년생인 그녀의 애인이자 남편 디에고 리베라보다 스물한 살이 더 어렸죠. 게르다와 달리 프리다 칼로는 건강이 불안정했지만, 예술가로서는 꾸준히 활동했어요. 그녀의 미술의 핵심 모티프는 자신의 몸이었습니다. 그녀의 몸은 심각한 교통사고로 손상되었지만, 동시에 태고의 자연과도 깊은 연관을 맺고 있었죠. 두 여성 모두에게는 양성적인 특성과 때때로 파도처럼 이성애라는 강둑을 넘쳐흐르는 열정이 엿보입니다. 하지만 그들의 남성 파트너들은 낮과 밤처럼 완전히 다르죠. 프리다가 자신 안에 어느 정도의 남성성을 지니고 있는지와는 별개로, 디에고 리베라는 남성 예술가로서의 자의식에서 한 걸음도 물러서지 않아요. 이는 자신의 예술이 지닌 의미에 대한 그의 확신 때문만은 아니에요. 그가 프리다보다 훨씬 더 나이가 많지 않았다면, 그녀와 어떤 관계도 맺을 수 없었을 겁니다.

1864년에 태어난 카미유 클로델은 오귀스트 로댕보다 스물네 살 어렸어요. 그녀는 훨씬 더 젊었을 뿐 아니라, 그의 제자였고 훗날 조수로도 일했죠. 영화 〈카미유 클로델〉(1988)에도 한 예술가 커플이 등장하는데, 이들의 나이 차로 인해 남성 쪽이 더 큰 힘을 가지게 되고, 그 결과로 그는 남성적인 젠더의 좁은 틀 안에 머물게 됩니다. 반면 카미유는 예술가로서 자신의 길을 발견하고 로댕에게 영감을 불어넣지만, 자신의 예술적 정체성을 담아낼 어떤 작은 공간도 찾지 못합니다. 그녀는 심리적 안정을 잃어가지만, 로댕은 그녀의 처지를 이해하지 못하죠.

오귀스트 로댕이나 디에고 리베라에게는 없는 에

이나르 베게너의 강점은 자신의 몸 안에서 다른 성별을 느끼고 받아들일 수 있다는 점이에요. 당시 몇몇 의사들이 병리화했던 이 성향을 저는 그의 강점으로 간주하지만, 이는 안정성과 아무런 관련이 없습니다.

　남편이 성전환 수술을 했어도 게르다는 신체적으로나 정신적으로 줄곧 건강을 유지해요. 그녀는 그의 입장에 공감하며, 그의 동기를 이해하려고 하죠. 마치 언제나 자신이 누구인지 알고 있는 사람처럼, 그런 변화 앞에서도 흔들리지 않아요. 그녀가 생물학적 여성으로서 자신을 여성으로 이해하고 남성적 파트너만을 원하는 것은 아니에요. 그녀에게는 한때 자신의 남편이었던 사람과의 결속감이 여전히 중요해요. 그가 더 이상 자신의 남편이 아니어도요. 게르다의 눈에는 에이나르와 뒤에 등장하는 릴리 사이에 연속성이 존재해요. 하지만 릴리는 과거의 자신을 부정하려 하죠. 릴리는 언젠가 “그건 내가 아니라 에이나르였어”라고 말하는데, 게르다는 이 말을 이해하지 못합니다. 게르다는 자기 자신을 연속적인 존재로 보기 때문에, 설령 그가 지금은 릴리라는 이름을 가진 여성일지라도 여전히 자신이 알고 있는 한 사람과 마주하고 있다고 여깁니다. 그녀는 왜 에이나르가 새로운 자아가 되기 위해 이전의 자아를 없애야만 하는지 이해하지 못해요.

게르다는 에이나르의 그림을 그려 승승장구하지만, 에이나르는 이에 대해 불안해하지 않아요. 그는 오히려 여성으로 변장한 자신의 모습을 경탄하며 그리는 게르다를 보고 큰 기쁨을 느끼는 것처럼 보여요. 게르다가 새롭게 그린 그림들은 곧 그녀의 갤러리 주인을 열광시키죠. 그는 이 그림을 좋아할 관람객들이 분명 있을 거라고 말합니다. 하지만 여기서 말하는 '관람객들'은 결코 크로스드레서나 트랜스젠더 공동체를 뜻하지 않아요. '관람객들'은 그 그림 속 인물이 남성이라는 사실조차 알아차리지 못할 거예요.

게르다는 그림을 그리며 붓을 힘차게 움직입니다. 그 모습은 마치 새로운 운하를 파고 구멍을 뚫는 것처럼 보여요. 그녀의 감정과 욕망은 그녀 앞에 여성의 모습으로 앉아 있는 남편의 감정과 욕망을 반영하며, 예상치 못한 곡선으로 꺾여 새로운 방향으로 흘러들어가죠. 게르다는 때로 모델 자체보다 더 많은 것을 보고, 그가 가고자 하고 결국 가게 될 길을 미리 화폭에 담아냅니다. 그녀는 개인적으로는 남편을 잃고 싶어 하지 않지만, 그녀의 붓에 담긴 열망은 훨씬 더 강렬하며, 예술은 상실을 두려워하지 않아요.

처음에는 에이나르 자신도 그 놀이가 어디로, 얼마나 멀리 나아갈지 알지 못합니다. 그의 변신이 유희적인 차원에 머물러 있는 동안은, 두 사람 모두 그것을 즐기고 영감을 얻고 놀라워하지만 결코 불안해하지 않죠. 그런데 이 변신이 점점 독자적인 성격을 띠게 되고 예술처럼 자기만의 길을 써 내려가면서, 거기에 참여한 두 사람은 더 이상 그것을 통제할 수 없는 상태에 이르게 됩니다. 과연 이 놀이의 주체는 누구였던 걸까요?

변신의 여행이 시작되기 전에 에이나르 베게너는 어떤 화가였을까요?

영화의 한 장면에서 그는 자신의 그림이 너무 내면에 집중해 있어서 관객이 이해하기 어렵다고 말합니다. 하지만 그는 그런 반응에 별로 실망한 것 같지 않아요. 그가 그린 피오르 지형의 풍경은 자신 안으로 침잠한 듯한 인상을 주지만, 그렇다고 폐쇄적인 느낌이 들지는 않죠. 이 풍경은 누구에게나 개방되어 있지만, 저는 숨을 멈추고 그 앞에 잠시 멈춰 설 뿐, 곧바로 그 안에 발을 들여놓지 못합니다. 지극히 개인적이고 연약한 무언가에 대한 존경심 때문에요. 그 풍경을 바라보면 마음에 동요가 일어나요. 마치 보아서는 안 될 한 영혼의 풍경을 우연히 들여다본 것처럼 부끄러워지죠. 그것에 대해 사과하고 싶은 마음이 들 정도로요. 나뭇가지와 잎의 떨림이 직접 제 몸속의 신경과 힘줄에 와닿는데, 이것이 바로 초상화이고 거울이죠.

그림 속에는 사람이 보이지 않아요. 집들도 나무에 비하면 엄청 조그맣죠. 단단한 땅에서 물로 넘어가는 자연스러운 경계 지대에 좁은 길에 나란히 서 있는 나무들의 모습이 비칩니다. 섬세하고 잎이 없는 가지들은 마치 신경망처럼 하늘을 향해 뻗어 있어요.

에이나르는 자신이 태어나고 자란 덴마크 남부의 항구 도시 바일레의 풍경을 그렸어요. 그곳은 이미 오래전부터 상업 도시로서의 의미를 잃어버렸죠. 코펜하겐에 있든 파리에 있든 상관없이, 화가는 에이나르 베게너였던 자신이 사라질 때까지 이 바다 풍경을 정확히 기억할 거예요. 저는 그가 성전환 수술을 받은 뒤 자신의 유년기 기억과 결별해야만 했다는 생각에 처음에는 충격을 받았어요. 하지만 어쩌면 이 풍경은 그가 찾고 있던 젠더를 그림으로 표현한 것일지도 몰라요. 그 예술 작품 속의 젠더는 명확히 이름 붙일 수 있는 성별 범주에 속하지 않아요. 그것은 한 사람이 살아가기에 충분할 정도로 매우 다층적이에요. 화가가 자신의 여성적 정체성을 발견한 순간, 이 풍경은 그에게 필요하지 않게 되었죠. 그는 적어도 그렇게 생각해요. 그가 세상을 떠난 뒤, 게르다가 처음으로 이 지역을 찾습니다.

에이나르가 그녀에게 이전에 선물했던 스카프는 바람에 날아가버려요. 스카프는 하늘 높이 날아가는데, 게르다는 그 모습을 보고 위안을 받죠. 제가 이 스카프를 릴리의 영혼이라고 말한다면 그건 너무 성급한 해석일 거예요. 이 장면에서 영혼이라는 말은 어울리지 않아요. 영화의 언어는 그것과는 다른 문법을 따르죠. 끝까지 일관되게 펼쳐져야 하는 이 핵심 모티프는 바로 의복이에요. 그것은 이야기 초반에는 드레스로 등장했다가 끝에서는 스카프가 되어

릴리 엘베, 〈호브로 피오르를 따라 늘어선 포플러 Poplerne langs Hobro Fjord〉, 1908

릴리 엘베, 〈나무가 있는 풍경Landscape with trees〉, 1911

날아가버리죠.

이 영화는 게르다의 여성 모델인 안나가 오지 않아 에이나르가 그 역할을 대신 맡게 되는 긴급 상황으로 시작해요. 아내를 돕기 위해 에이나르는 여성용 스타킹과 발레리나 구두를 신고, 소파에 비스듬히 앉아 발레 의상을 자신의 몸 앞에 대보죠.

영화는 그의 정강이뼈를 짧게 보여주는데, 스타킹 사이로 다리털이 비쳐 보여요. 영화의 원작 소설에서 게르다는 이 다리털을 처음으로 눈여겨보면서 이렇게 말하죠. "당신의 다리털이 많지 않아 다행이야."[17] 에이나르는 놀라며 자신의 발과 다리를 바라보죠. "자신의 장딴지가 꽤 예뻐 보인다는 생각이 그에게 갑자기 들었다."[18] 그의 시선은 자신의 몸이 여성의 몸으로서도 괜찮은지 조심스럽게 살펴봅니다. 그는 자신이 명확히 남성적이라고 느끼는 모든 것을 가능한 한 인정하고 싶어 하지 않아요. "이제 궤짝 위에 서 있던 에이나르는 기분이 몹시 불쾌해졌다. 그는 자신의 정강이를 내려다보았다. 비단이 그 주변을 팽팽히 감싸고 있었지만, 몇 가닥의 털이 콩 껍질의 아주 작고 단단한 섬유처럼 삐죽 튀어나온 곳만 예외였다.”[19]

게르다는 이 상황을 실용적인 관점에서 처리하려는 반면, 에이나르의 마음속에서는 수치심이 자라나죠. 이 감정은 소설에서는 상세히 묘사되지만, 영화에서는 언급되지 않습니다. 그 대신 당혹감과 수줍음 사이의 모호한 인상만 남게 되죠.

소설에서 게르다는 남편에게 무릎 앞의 옷자락을 그릴 수 있도록 드레스를 제대로 입어달라고 부탁해요. 에이나르는 ‘드레스’라는 단어만 들어도 위장에서 열기를 느끼는데, 곧이어 심한 수치심이 몰려오죠. 그의 내장 기관 중 하나가 단 한마디에 이렇게 격렬하게 반응한다는 사실은 서술자의 목소리가 없는 영화에서는 온전히 표현되기 힘들 거예요.

에이나르는 자신이 ‘변장’했다는 사실을 누구에게도 말하지 말아달라고 게르다에게 부탁해요. 그는 그 드레스에 ‘끌리죠’.* 그 단어의 이중적 의미가 우리에게 말해주듯이요. 그의 수치심은 이미 옷을 갈

* ‘끌리다’의 원어는 ‘angezogen’인데, 이 단어는 ‘(옷을) 입다’와 ‘매혹되다’라는 이중적 의미를 지닌다. 그러나 이 문장에서는 ‘끌리다’라는 의미로만 사용되었다.

아입는 순간 생겨납니다. 그는 셔츠도 입지 않은 채 아내 앞에 서 있는 것을 저속하게 느끼거든요.

에이나르 베게너의 몸이 그 의상의 부드러운 비단 옷감과 닿는 순간, 그의 삶에는 커다란 변화가 일어납니다. 소설에서 이 순간은 다음과 같이 묘사되죠.

> 에이나르는 붕대처럼 자신을 감싸며 자신의 피부에 맞닿은 그 비단만을 생각했다. 그래, 바로 그런 느낌이었어. 처음 그 순간은. 그 비단은 아주 고우면서도 가벼워서 거즈처럼 느껴졌다. 치유되는 피부 위에 부드럽게 놓인, 향유에 적신 거즈 말이다. 그런 모습으로 아내 앞에 서 있는 것이 더 이상 창피하지 않았는데, 그녀가 그림에 완전히 몰두해 있었기 때문이다. 그는 예전에는 그녀의 그런 모습을 한 번도 경험하지 못했었다. 에이나르는 꿈으로 이루어진 그림자의 세계로 미끄러져 들어갔다. 그곳에서 안나의 드레스는 모두의 것, 심지어 그 자신의 것이 될 수도 있었다.[20]

비단은 향유에 적셔진 거즈를 떠올리게 해요. 어딘가에 상처가 있다는 뜻이죠. 옷은 그 상처를 어루

만지고, 비록 그것을 치유하지는 못하지만 변신을 위한 힘을 일깨우죠. 꿈의 그림자 같은 세계는 그림을 통해 대중에게 전해집니다. 그 전달이 어떤 방식으로 성공하든, 보이지 않는 상처는 남을 거예요.

영화가 시작되고 얼마 지나지 않아, 게르다가 수염을 기르고 양복을 입은 풍채 좋은 한 남자의 초상화를 그리는 장면이 나와요. 게르다는 이런 주문 작업으로 자신의 생활비를 벌고 있죠. 그 남자는 여자가 자신을 관찰하고 그리는 상황에 몹시 불편함을 느끼는 듯 보여요. 주문자는 게르다가 자신과 단둘이 방에 있는 것을 두고, 그녀의 남편이 이에 동의했는지를 물어봅니다. 전통적인 젠더 역할을 되찾고 자신의 불안함을 감추려는 시도죠. 이 남자는 남자가 여자의 몸을 감탄하며 그려야지, 결코 그 반대가 되어서는 안 된다고 여긴 거예요. 이와 달리 에이나르는 아내가 자신의 몸을 바라보고 감탄하며 그리는 것을 좋아했어요. 그는 점차 자신이 여성으로 그려지는 그림 속에서 미래의 자신의 모습을 발견했다고 믿게 되죠. 훗날 그는 게르다에게 그녀의 그림이 언제나 그보다 한 걸음 더 앞서 있었다고 말합니다. 예술적 직감과 남편에 대한 사랑으로, 그녀는 그가 바라는 미래의 모습대로 그를 그릴 수 있었던 것이죠.

어느 날 에이나르는 여자로 변장해 게르다와 함께 파티에 갑니다. 게르다는 그를 친구들에게 사촌 여동생 릴리라고 소개하죠. 그 순간부터 처음에는 현실에 존재하지 않았던 이 여성은 '릴리'라고 불립니다. 에이나르에게 이것은 일종의 놀이인데, 게르다도 여기에 적극적으로 참여해요. 그녀의 열정적 참여가 예술적 실험 정신에서 비롯된 것인지, 아니면 혹시 그녀의 숨겨진 양성애적 성향 혹은 단지 에이나르의 행복을 보고 싶어 하는 그녀의 자매애에서 비롯된 것인지, 그 물음은 여전히 해결되지 않은 채 남아 있어요.

릴리는 허구적인 인물이자 예술가 커플의 공동 작품이에요. 예술이 새로운 존재를 세상에 내놓는 것은 새로운 일이 아니에요. 대개는 그림이나 소묘 또는 조각으로 창조해내죠. 이 경우에는 예술이 인간의 생물학적 몸을 재료로 사용해요. 그것은 놀이로 시작해, 점차 제가 예술 프로젝트라고 부르는 것으로 발전하죠. 여성 예술가는 특정한 지점에서 이 '프로젝트'를 끝내고 싶어 하는데, 그것이 자신의 실제 삶을 위협하기 때문입니다. 반면 남성 예술가는 더 이상 그것을 그만둘 수 없는데, 이미 오래전에 그 예술 작품의 일부가 되어버렸기 때문이에요.

저는 왜 릴리가 에이나르와 달리 예술가가 될 수 없는지 궁금해요. 릴리는 그림을 그리지 않고 오직 자신의 몸에만 몰두하죠. 그것이 마치 자신의 작품인 것처럼요. 예전의 에이나르가 내향적인 예술가였다면, 이와 달리 릴리는 예술보다는 자신의 몸이 남성들에게 어떤 영향을 미치는지에 관심이 있어요.

게르다가 없었다면, 에이나르는 평생 남성 화가로 남아 미지의 젠더에 대한 자신의 동경을 풍경으로 그렸을지도 몰라요.

모델 안나가 나타나지 않아 에이나르가 여성복을 입게 된 것은 우연이었어요. 하지만 게르다가 릴리에 대한 그림을 점점 더 많이 그리게 된 것은 결코 우연이 아니었죠. 그녀의 새로운 그림들이 성공을 거두면서, 부부는 코펜하겐을 떠나 파리로 가게 되었어요. 아무도 이 그림의 모델이 누구인지 몰랐죠.

에이나르에게 릴리는 하나의 발견이고, 게르다에게 릴리는 하나의 발명이에요. 더 정확히 말하면 게르다가 릴리를 발명해낸 것이 아니라, 릴리가 게르다를 예술가로 만든 거예요.

게르다라는 여성에게는 숨겨진 소망이 있어요. 그녀는 남성을 욕망하지만, 어쩌면 여성을 욕망하는 여성일지도 몰라요. 그녀는 한 남성에게서 여성을 찾는 여성이에요. 그녀는 여성이 되고 싶어 하는 남성을 이해하는 여성이기도 해요. 또한 남성이 아닌 남성을 사랑하는 여성이죠. 그녀의 젠더 정체성, 아니 더 정확히 '젠더 정체성들'은 매우 유동적이고 다층적이어서, 지금까지 그것을 딱 짚어 부를 이름이 없어요. 아무튼 저는 게르다를 단순히 '시스젠더'나 '이성애자'라고 부를 수는 없을 것 같아요. 게르다를 연기할 여자 배우를 찾는 일은 매우 어려웠을 거예요. 게르다 역시 에이나르처럼 복합적이고 수수께끼 같은 젠더 정체성을 지녔을 테니까요. 하지만 그것을 지칭할 이름조차 없죠. 그런데 이상하게도 알리시아 비칸데르라는 배우가 이 여성 화가의 역할을 연기했던 것에 대해서는 아무런 비판이 없었어요.

반면 에디 레드메인은 트랜스젠더가 아니면서 릴리 역할을 연기했다는 이유로 비판받았죠. 심지어 이 배우는 훗날 인터뷰에서 자신이 트랜스젠더가 아님에도 트랜스젠더 역할을 맡은 것을 후회한다고까지 말했어요. 그러면서 그것은 단지 배우 인력이 부족했기 때문이었다고 설명하며 사과했죠.

모든 사람은 젠더의 여러 조각과 성적 욕망의 다양한 방향으로 이루어진 단 하나뿐인 존재예요. 그래서 그 인물과 완전히 동일한 정체성을 지닌 배우를 찾는 건 애초에 불가능했을 거예요. 오직 트랜스젠더만이 릴리 역할을 연기해야 한다는 주장은 일본 출신의 여자 가수들만이 나비부인을 연기해도 좋다는 허무맹랑한 생각과 비슷한 거죠. 여자 배우든 남자 배우든, 그 역할에 적합한지를 그들의 젠더나 인종을 기준으로 결정해서는 안 돼요.

우리는 '당사자'인 릴리에게 '트랜스 여성'이라는 개념에 동의하는지 물어볼 수 없어요. 어쩌면 그녀는 그 개념이 타당하지 않다고 생각할지도 몰라요. 그런데도 우리가 그녀를 그렇게 부르는 이유는 우리가 오직 우리의 역사적 맥락 안에서만 생각할 수 있기 때문이죠. 릴리는 여성으로 살기를 원했지, 트랜스젠더로 살기를 원하지는 않았어요. 당시에는 그런 선택이 가능하지 않았으니까요. 만일 우리가 릴리에게 물어본다면, 그녀는 자신이 트랜스 여성이 아니라 여성이라고 말할 거예요. 어쩌면 그의 뜻에 따라 생물학적 여성인 배우가 그녀의 역할을 연기해야 했을지도 몰라요. 하지만 그것 또한 수많은 선택지 중 하나일 뿐이에요. 문학, 연극 또는 영화는 언제나 실제 삶에서보다 젠더의 경계를 좀 더 쉽게 넘어설 수 있는 특별한 영역이었어요. 그곳에서는 이성애자 남성이 레즈비언 여성이 되거나 동시에 둘 다일 수 있어요. 그렇다면 도대체 왜 우리는 이 소중한 자유의 공간에 정체성 정치의 규칙을 들여와야 할까요?

제가 일본어로 쓴 삼부작 중 첫 번째 작품인 『지구에 아로새겨진』(2018)에서 서술자는 젊은 덴마크인 언어학자예요. 1장에 등장하는 1인칭 목소리는 덴마크 남성이죠. 저에게 이성애자인 덴마크인, 다시 말해 어떤 '대니쉬 보이'의 관점에서 말할 권리가 있을까요? 저는 그렇게 해도 된다고 확신해요. 덴마크 출신 게이 가수가 나비부인 역할을 맡더라도, 저는 아무런 상관이 없어요. 중요한 건 그가 고음을 소화

릴리 엘베

할 수 있느냐죠.

소설 『대니쉬 걸』에서는 오페라와 관련해 에이나르의 흥미로운 생각이 서술됩니다. 오페라 가수 안나는 게르다의 모델이 되어야 하지만, 약속을 자주 어기죠. 에이나르는 안나가 자신이 변장한 사실을 모르기를 바라며, 게르다에게 그 사실을 말하지 말아달라고 부탁해요. 그런데 그는 곧 생각을 바꿔요.

> 안나는 오페라 가수였잖아. 여자 옷을 입은 남자들을 자주 봤을 거야. 나와는 반대로 남자 역할도 했겠지. 그건 세상에서 가장 오래된 속임수야. 하지만 오페라 무대에서 그런 건 중요하지 않아. 그저 혼란만 불러일으킬 뿐이지. 매번 마지막 막에 이르면 해소될 혼란 말이야.[21]

에이나르가 성전환 수술에 대한 생각에 사로잡히기 전까지, 성전환은 그에게 하나의 놀이, 일종의 연극에 지나지 않았어요. 그는 호기심과 재미로 다른 사람의 몸동작을 배우려고 해요. 마치 여성이 되는 교육을 받으려는 것처럼요. 이 영화에서 제가 가장 좋아하는 장면은 에이나르가 생선 시장에서 일하는 한 여성의 손동작을 몰래 흉내 내는 장면이에요. 그 여성에게는 릴리가 사교 모임에서 활용할 수 있는 우아한 태도가 전혀 없어요. 이 장면에서는 사회적 차이가 성별의 차이보다 훨씬 더 두드러지지만, 릴리는 태어나면서부터 모든 '생물학적' 여성이 자연스럽게 구사하는 여성 젠더의 문법이 있다고 믿어요.

덧붙여 말하면 이 장면에서는 칼로 물고기의 하얀 배를 가르는 모습이 나옵니다. 아주 짧고도 잔혹한 장면이죠. 만약 릴리의 몸이 훗날 수술칼 밑에 놓이지 않았더라면, 저는 그 장면을 기억하지 못했을 거예요.

생선 시장이 에이나르가 다른 젠더의 신체 언어를 학습할 수 있는 유일한 학교는 아니에요. 그는 한 사창가를 찾아가, 에로틱한 매력을 직업적으로 연기하는 여성의 자위적 몸짓을 따라하죠. 생선 시장 장면과 달리, 이 장면은 학습한 에로티시즘을 보여줍니다. 이 에로틱한 여성이 생물학적으로 여성인지 아닌지는 별로 중요하지 않아요. 릴리는 그녀를 마치 자신의 거울인 양 바라보죠.

마그누스 히르쉬펠트 협회 홈페이지에 따르면, 릴리 엘베는 영화에서 묘사된 것과 달리 성전환 수술을 최초로 받은 사람이 아니었어요. 그리고 히르쉬펠트는 그녀를 수술한 의사가 아니라 상담자였죠. 영화에서 릴리를 수술하는 드레스덴 출신 독일 의사는 일반적인 의사보다 훨씬 더 특별한 존재로 그려져요. 우울증에서 자신을 구해줄 의사를 찾으려는 긴 노력이 허사로 끝난 뒤, 릴리는 마침내 자신을 여성으로 만들어줄 수 있을 뿐만 아니라, 자신의 이상적인 파트너상에도 꼭 들어맞는 한 남자를 찾게 되죠. 그녀는 그에게 이렇게 말합니다. 만약 자신이 제대로 된 여성이 될 수 있다면, 그와 꼭 닮은 남자와 결혼하고 싶다고요.

오늘날의 시각에서 보면, 성과학의 선구자인 마그누스 히르쉬펠트를 이런저런 발언 때문에 비판하는 일은 쉬워요. 하지만 "각 인간은 여러 성으로 이루어진 오직 하나밖에 없는 혼합물이다"라는 그의 견해는, 당대는 물론 오늘날의 시각에서 볼 때도 진보적이라고 생각해요. 여성과 남성 사이에 있는 모든 중간 단계는 실제로 존재해요. 히르쉬펠트는 그런 중간 단계에 있는 사람들을 선입견과 폭력으로부터 보호하고자 했어요. 동정심이나 '관용' 때문이 아니라, 학문적으로 보았을 때 그들을 처벌할 이유가 없어서죠. 그가 『베를린의 제3의 성: 1900년대의 동성애적 삶Berlins drittes Geschlecht: Das homosexuelle Leben um das Jahr 1900』이라는 글을 위해 고른 모토는 다음과 같아요. "모든 선입견을 극복한 위대한 존재는 인류애가 아니라 과학이다."

그가 이 텍스트에서 제3의 성이라고 부른 것은 주로 게이였지만, 다음과 같은 여러 묘사는 트랜스젠더에게도 해당해요.

> 내막을 잘 아는 사람은 베를린의 거리나 술집에서 통상적인 의미의 남성과 여성뿐만 아니라, 이들과는 행동거지나 심지어 종종 외모까지 다른 사람들을 목격하게 된다. 그래서 남성과 여성 외에 제3의 성이 언급되었다.[22]

그는 '동성애자'라는 상투적 표현보다 '제3의 성'이라는 개념을 사용하는 것이 더 낫다고 생각합니다.

인구 250만의 도시에서는 자신을 감추고 사라지는 일이 너무나도 쉬운데, 이는 성적인 영역에서 흔히 나타나는 인격의 분열을 더욱 조장한다. 직업적 자아와 성적인 자아, 낮의 인간과 밤의 인간은 종종 하나의 몸 안에 공존하는 두 개의 전혀 다른 인격이다. 그중 하나는 자부심과 명망이 있고 아주 고상하고 양심적인 반면, 다른 하나는 모든 면에서 그와 정반대다. 이러한 이중성은 동성애자뿐만 아니라, 이성애자에게서도 마찬가지다. 나는 동성애자인 한 변호사를 알고 있었다. 그는 밤마다 포츠담 거리에 있는 자신의 사무실이나 자신이 속한 사회 집단을 떠났을 때, 프리드리히슈타트 남쪽 지역에 있는 단골 술집을 찾았다. 그 싸구려 술집에서 그는 총잡이 하이니,[*] 도살자 헤르만, 아메리카 프란치,[†] 미친개 그리고 다른 베를린 아파치[‡] 들과

* '하이니(Heini)'는 속어로 어수룩하거나 한심한 남자를 비하할 때 쓰는 표현이다. 여기서는 허세를 부리며 총만 휘두르는 인물을 비꼬는 의미로 쓰였다.

† '프란치(Franzi)'는 '프란츠(Franz)'의 애칭이다. 이름 앞에 '아메리카'를 붙여 미국 문화에 지나치게 심취해 있거나 미국인 흉내를 내는 사람을 비꼬는 별칭으로 쓰인다.

‡ '아파치'는 미국 남서부지역 원주민 부족 이름이지만, 19세기 말에서

히르쉬펠트가 말한 인격 분열은 에이나르 베게너의 초기 단계 상태에도 적용됩니다. 그의 내면에는 릴리와 에이나르, 두 사람이 살고 있었죠. 히르쉬펠트는 이러한 인격 분열의 원인을, 대도시에서는 다양한 욕구를 표현하며 이중적 삶을 살 수 있다는 점에서 찾습니다. 하지만 에이나르가 때때로 릴리로 외출하는 일은 그의 작은 고향 마을에서는 불가능했을 거예요.

이 지점에서 저는 주제를 유럽에서 일본으로 전환할까 해요. 동시에 1920년대에서 현대로 넘어가되, 젠더-직물과 젠더-풍경의 흔적은 계속 따라가고자 합니다.

일본어에는 '하오루はおる'라는 동사가 있어요. 이 단어는 재킷이나 숄을 어깨에 가볍게 걸치는 것을

20세기 초 유럽 도시 하층민 갱단이나 불량배를 묘사할 때 사용되기도 한다.

의미해요. 바람이 강하게 불면, 솔은 가볍게 날아올라 공중에서 춤을 추듯 흩날릴 수 있지요.

‘하오루’라는 단어는 전적으로 표음문자로 쓸 수도 있지만, 두 개의 표의문자로 쓸 수도 있어요. ‘하羽’라는 글자는 깃털이나 날개를 의미하고, ‘오루織る’라는 동사는 ‘직조하다’를 뜻합니다. 이렇게 해서 우리는 다시 직물이라는 주제로 돌아왔네요.

소매가 기모노 외투 ‘하오리羽織’(이 이름은 이미 ‘하오루’라는 동사와 직접적인 관련이 있어요)처럼 아주 넓게 재단되어 있다면, 외투를 단순히 걸친 것이 아니라 제대로 착용해도 ‘하오루’라는 동사를 사용할 수 있어요. 저는 해리 포터의 마법 망토에도 이 단어를 사용할 거예요. 슈퍼맨이나 배트맨 같은 옛 영웅들도 그들에게 초인적 능력을 부여하는 듯한 망토를 가지고 있죠.

이와 비슷한 의미를 지닌 또 다른 일본어 동사는 ‘마토우纏う’예요.

1991년생 일본 시인 후즈키 유미가 쓴 ‘소라 오 마토우空を纏う’라는 시가 있습니다. 한 문장으로 이루어진 이 제목은 ‘사람이 자신의 몸에 하늘을 두른다’라는 뜻을 담고 있지요. 하지만 누가 감히 하늘을 외투처럼 걸칠 수 있을까요?

해 질 무렵 '나'라는 존재가 발코니에 서서, 낮 동안 햇볕에 말라 따뜻해진 속옷을 걷습니다. 그는 멀리서 두 개의 언덕을 바라보며, 그 언덕들이 자신의 '가슴'을 보호해줄 것이라고 상상하죠. 하지만 언덕이 어떻게 신체 부위를 '보호할' 수 있을까요? 저는 그 사람이 신화 속 거인처럼 대지 위에 누워 있는 모습을 떠올려봅니다. 그의 가슴 위에는 두 개의 언덕이 있어요. 게다가 그곳에는 두 개의 강이 보이는데, 그것은 흐르는 바지가 되어 그의 다리를 보호하죠. 그 사람은 마치 풍경을 옷처럼 걸칩니다. 강과 언덕은 대부분의 옷과 달리 성별 구분이 없어요.

저뿐만 아니라 아마 이 시를 읽는 대부분의 독자는 자신도 모르게 이 사람을 여성으로 떠올릴 거예요. 시인이 여성이기 때문이죠. 이러한 연상은 남성들이 전투에서 무장할 때를 제외하면 자신의 몸을 보호하려 하지 않는다는 젠더 고정관념과도 잘 맞아떨어집니다. 하지만 이 시에는 그 사람이 여성이라는 직접적인 언급이 없어요. 그래서 저는 그의 젠더를 특정하지 않고, 계속해서 '사람'이라는 말로 그를 지칭합니다.

그 사람은 발코니에 서서 빨랫줄에 널린 빨래를 걷으며, 그것을 매미 껍질과 비교합니다. 매미는 허물을 벗고 나면, 나뭇가지에 낡은 껍질을 남겨두죠. 하지만 그 사람은 매미와 달리 자신의 낡은 껍질인 속옷을 뒤에 남겨두지 않아요. 그 사람은 속옷을 빨고 말린 후, 조심스럽게 다시 걷습니다.

독일과 달리 일본의 여름에는 매미들이 아주 활개를 쳐요. 8월의 숨 막히는 무더위를 떠올리면, 제 귀에는 벌써 시끄러운 매미 소리가 들려옵니다. 그 소리를 들을 때면, 저는 기계만이 이런 소음을 만들어낼 수 있다고 생각하죠. 인간들은 이 기이한 존재의 고문 같은 음악을 동정심으로 견딥니다. 매미가 애벌레로서 몇 년을 땅속에서 보내고 생의 마지막 며칠 동안만 여름 햇살을 맞으며 연주할 수 있기 때문이에요. 애벌레의 낡은 껍질에서 빠져나오는 것은 극적인 행위인데, 곤충의 커밍아웃이라고 할 수 있죠. 그들의 삶에는 이러한 극적인 변형 과정이 포함되어 있어요. 우리 포유동물에게는 그런 과정이 당연하게 여겨지지 않지만요.

독일에서는 매미가 그리 집요하지 않고, 북독일에서는 그 모습을 찾아보기조차 힘들어요. 그 대신 독

일어에는 '자신의 피부 속에서 편안함을 느끼지 못
하다'라는 관용적 표현이 있지요. 만약 제가 독일어
로 말하는 매미라면 이렇게 말할 거예요. "저는 더
이상 저 자신의 피부 속에서 편안함을 느끼지 못했
어요." 애벌레였을 때는 그 낡은 껍질이 잘 맞는 것
처럼 느껴졌으니까요. 하지만 이제 제가 어른이 됐
으니 그 껍질에서 빠져나와야 하는데, 그 과정에서
제게 날개가 있다는 사실을 알게 되죠. 날개는 저에
게 하늘을 날고 음악을 연주할 수 있게 해주지만, 살
아갈 날이 얼마 남지 않았다는 것도 보여줍니다.

다행히 인간인 저는 매미보다는 조금 더 오래 살
수 있어요. 그래서 시간을 내어 낡은 허물을 모아 씻
고 말린 후, 좀 더 자세히 들여다보려 합니다.

시에 등장하는 인물은 지평선이 천처럼 붉게 물드
는 동안 발코니에 서 있어요. 석양은 날개가 되고,
그 사람은 그 날개를 달고 날아가는 모습을 상상합
니다. 연의 마지막에서, 그 사람은 아직 마주하지 못
한 한 사람을 마치 옷처럼 감싸고 싶다는 바람을 드
러내죠.

"그 사람은 나를 부드럽게 감싸준다"라는 말은

한 사람의 넓은 마음을 개인적으로 묘사할 때 자주 사용하는 표현이에요. 여성복이나 남성복으로 아직 재단되지 않은 천은 몸과 외피 사이에 더 많은 공간을 남겨두죠. 새로운 젠더를 찾는 사람이 종종 폭이 넓은 옷을 입는 것은 결코 우연이 아니에요.

이 시에서 사용된 옛 일본어 표현 '아마가케天翔け'는 일상적인 언어는 아니에요. '하늘로 날아가다'라는 뜻을 지닌 이 단어는 곧바로 동아시아 신화 속 선녀 이야기를 떠올리게 합니다.

이 이야기는 소나무 가지에서 반짝이는 옷을 발견한 어부에 관한 내용을 담고 있어요. 그 옷은 천상의 아름다움을 발산하죠. 어부는 그 옷을 가져가려 하지만, 그 순간 선녀가 나타나 옷을 돌려달라고 간청합니다. 이별의 아픔 같은 망설임이 있었지만, 어부는 결국 그녀에게 옷을 돌려주죠. 그녀는 감사의 뜻으로 그를 위해 춤을 춥니다. 이것이 이 이야기의 첫 번째 버전인데, 15세기부터 오늘날까지 전통적인 노能극에서 '하고로모羽衣(깃털 옷)'라는 제목으로 공연되고 있어요. 두 번째 버전은 메르헨 버전으로, 제목은 '아마노 하고로모天の羽衣(하늘의 깃털 옷)' 또는

'덴닌뇨보天人女房(선녀 아내)'예요. 이 이야기에서 어부는 선녀의 옷을 숨기며 그녀에게 자신이 그 옷을 발견했다는 사실을 말하지 않아요. 옷을 잃어 하늘로 돌아갈 수 없게 된 선녀는 그와 결혼하죠. 그녀는 가난한 어부와 행복하게 살지만, 어느 날 그가 숨겨둔 옷을 발견하고는 곧바로 그를 떠납니다.

옷이 약속하는 자유는 죽을 수밖에 없는 인간의 삶 속에는 존재할 수 없어요. 선녀는 다른 세계에 속한 존재이며, 그 세계는 망자의 왕국만큼이나 우리가 사는 세계로부터 멀리 떨어져 있어요. 영화 〈대니쉬 걸〉의 마지막 장면이 떠오르네요. 그 장면에서 스카프는 마치 매 또는 선녀처럼 놀라울 정도로 높이 공중을 날아다니죠. 게르다는 그 스카프를 자신의 품에 붙잡아둘 수 없었지만, 바로 그 순간 그런 자유야말로 그것의 본성이라는 사실을 깨닫게 됩니다.

릴리가 죽은 이유는 당시에는 생명을 위협할 정도로 위험했던 성전환 수술 때문이에요. 그렇기 때문에 릴리는 자신의 죽음을 초래한 셈이지요. 남성의 성기를 제거하는 1차 수술과 여성의 자궁을 이식하는 2차 수술 사이에는, 힘든 수술에서 몸이 회복할 수 있도록 충분한 시간 간격이 필요했어요. 그러나 릴리는 설명할 수 없는 열망에 휘둘리듯 초조해했어요. 의사의 경고와 게르다의 염려에도 릴리는 더 이상 기다릴 수 없었죠. 따라서 그녀는 단지 용감했을 뿐만 아니라, 현재의 몸에서 해방되고자 하는 그녀의 격렬한 욕망은 거의 죽음 충동에 가까웠어요.

젠더와 옷이라는 주제로 돌아가보죠. 제가 여기서 꼭 언급하고 싶은 또 하나의 노극 작품이 있어요. 〈이즈쓰井筒〉(우물)라는 작품이에요. 주인공은 기노 아리쓰네의 딸로, 어린 시절 아리와라노 나리히라와 함께 우물에서 놀았어요. 아리와라노 나리히라는 9세기에 살았던 실존 인물이에요. 『이세모노가타리伊勢物語』(10세기)라는 산문 작품 덕분에, 우리는 그가 연애를 많이 했다는 사실을 잘 알고 있죠. 그가 자주 바람을 피웠지만, 그의 아내는 매번 그의 마음을 다시 붙잡는 데 성공합니다. 이 노극에서는 아내의 혼령이 남편의 옷을 입고 춤을 추며, 자신의 열정과 동경을 표현하죠. 이어서 그녀는 우물 속을 들여다보다가 수면에 비친 남편의 모습을 보게 됩니다.

그녀는 트랜스 남성이 아니며, 스스로 남성이 되

〈이즈쓰〉

기를 바라지도 않아요. 하지만 이 옷이 없었다면 우리가 상상할 수 없을 춤을 추자, 그러한 소망을 이루어줄 변신이 일어납니다. 누군가를 자신의 곁에 두고 싶은 소망은 점차 누군가가 되고 싶다는 바람으로 넘어가죠.

연극 무대에서는 이중의 변신이 펼쳐집니다. 노에서는 가부키에서와 마찬가지로 남자 배우가 여성 배역을 맡습니다. 〈이즈쓰〉에서는 남자 배우가 남성으로 변신한 여성을 연기하고요.

성전환과 고대 연극 예술 간의 긴밀한 연관성은 둘 다 신들과 접촉하려 했던 제의적 기원을 지닌다는 점으로 설명될 수 있어요. 성의 경계를 넘어서는 행위는 인간이 신과 접촉했다는 증거로 여겨졌죠.

영화와 소설 속 릴리 엘베는 실존 인물에 바탕을 둔 허구적 인물이에요. 릴리 엘베에 관한 역사적 조사는 분명 흥미로운 작업이었겠지만, 저는 전적으로 허구적 인물인 그녀에 관한 글을 쓰고 있어요. 어쩌면 이런 방식이 오늘날 특히 젠더 논쟁의 영역에서는 시대에 맞지 않는 것처럼 보일 수 있지만요.

LGBTQ라는 알파벳들이 의미를 얻기 이미 오래전부터, 여러 문화에서 젠더의 다양성을 표현하며 자유롭게 살아갔죠. 우리가 고전 문화에는 거리를 두고 현실을 재현한다고 여겨지는 매체에만 주목한다면, 이 논쟁이 여러 세대 간 갈등 가운데 하나로 치부될 위험이 있어요.

구단 리에의 일본 소설 『스쿨걸 Schoolgirl』(2022)에서는 기후 변화와 다른 정치 문제에 대해 놀랄 만큼 많은 정보를 지닌 열네 살 딸과 소설을 읽으면서 많은 시간을 보내는 어머니 사이의 세대 갈등이 묘사됩니다. 딸은 어머니를 무시하며, 왜 그녀가 현실과 상관없는 픽션을 읽느라 시간을 낭비하는지 궁금해하죠. 세상은 온갖 문제로 가득하다며, 딸은 이에 대한 정보를 얻고 행동하려 해요. 어머니는 문학의 의미를 딸에게 설명하려 하지만, 그동안 그럴 필요가 없었기 때문에 제대로 설명하지 못해요. 그녀는 불안한 모습을 보이며, 그레타 툰베리에 대해 한 번도 들어본 적 없는 자신의 심리치료사와, 인터넷으로 5분 만에 지크문트 프로이트에 대한 '완전한' 정보를 얻는 딸 사이에 서 있죠.

현재 일본 교복

물질성이라는 주제로 다시 돌아가보죠. 물질성은 드레스, 이브닝드레스, 연극 의상 또는 교복의 형태로 나타나며, 우리의 젠더 감각을 혼란에 빠뜨리지만 결국에는 젠더 감수성을 일깨워줍니다.

어릴 적 저는 중학교 1학년 때부터 3년 동안 입고 다녀야 했던 교복 때문에 어려움을 겪었어요. 우리가 그로 인해 시각적으로 두 집단으로 구분되는 것이 제 신경을 거슬렀죠. 저는 저 자신이 여자아이들에게도, 남자아이들에게도 속하지 않는다고 느꼈거든요. 흥미로운 점은 '여자아이는 이래야 한다'는 기대보다 외부로부터의 강압이 제 신경을 훨씬 더 거슬렀다는 사실이에요. 당시 일본에서는 남녀 간 역할 분담이 지금보다 훨씬 뚜렷했어요. 제 부모님은 제가 여자아이라는 이유로 예쁘게 보여야 한다거나, 기꺼이 남을 도와야 하고 겸손해야 한다는 감정을 심어준 적이 한 번도 없었어요. 하지만 제가 친구들 집을 찾아갔을 때 만난 부모님이나 텔레비전 방송을 통해 이미 젠더에 대한 고정관념들을 많이 접하게 되었죠. 비록 제가 젠더에 관한 사회적 압력을 그리 심하게 느끼지는 않았어도, 교복은 제가 벗어던질 수 없는 낡은 허물처럼 저에게 붙어 다녔어요. 이와 달리 제 몸을 벗어던지고 싶은 적은 한 번도 없었어요. 그 안에 여성적인 특징들이 자라고 있기는 했어도요. 잘못된 몸을 가지고 태어났다는 느낌을 저로서는 결코 이해할 수 없었죠. 저는 제 몸을 단지 편협하고 유사 생물학적인 해석으로부터 지키기만 하면 되었거든요.

지난 몇 년 동안 일본은 학교에서 이른바 '성별 구분 없는' 교육을 실현하기 위해 노력했어요. 그에 따라 강력한 반대의 목소리와 격렬한 논쟁이 있었지만, 이 자리에서는 그 문제를 더 이상 다루지 않겠습니다. 다만 교복과 관련해서는 몇 가지 말씀드리려고 해요.

일본에 교복이 도입된 것은 1950년대 중반이었고, 1960년대에 들어서야 널리 보급되었죠. 초등학교(1학년부터 6학년까지)의 경우에는 일반적으로 사립학교에만 교복이 있었고, 중학교(7학년부터 9학년까지)에서는 거의 모든 공립학교와 사립학교에 교복 착용 의무가 있었어요. 제가 다닌 공립 고등학교(10학년부터 12학년까지)에는 교복이 없었는데, 당시에는 그것이 지금처럼 그리 특별한 일은 아니었어요. 1980년대에 들어서면서 점점 더 많은 고등학교가 교복 착

용을 의무화했어요.

선생님들은 교복을 긍정적으로 평가했어요. 학생 수가 너무 많은 학급을 교복으로 더 쉽게 통제할 수 있었으니까요. 부모님들 역시 교복에 호의적이었어요. 교복이 손질하기 쉽고, 무엇보다 부모님들이 청소년들 사이에서 벌어지는 패션 경쟁으로 인한 경제적 부담을 덜 수 있었으니까요.

널리 보급된 남학생 교복은 검은 바지와 군복을 연상시키는 뻣뻣하게 선 옷깃의 검은 상의로 이루어져 있었어요. 이 뻣뻣하게 선 옷깃은 턱을 아래로 숙일 수 없게 했고, 그런 식으로 이미 현실에서 사라진 지 오래된 군인 같은 남성성을 강조하려 했죠. 화면을 뚫어지게 쳐다보는 다음 세대에게, 이 옷깃은 짜증 나는 장애물이었어요.

선원복에서 영감을 받은 여학생 교복은 1920년대부터 일본에서 인기를 끌었어요. 이 복장이 반드시 여성성에 대한 전통적 관념을 강조한 것은 아니지만, 〈세일러복과 기관총〉(1981) 같은 영화나 〈미소녀 전사 세일러 문〉(1992) 같은 만화와 애니메이션을 통해 지속적으로 새로운 '매력'을 얻게 되었죠. 이러한 매력은 제게 성적으로 느껴지며, 다시금 젠더에 대한 고정관념을 교복에 새겨넣고 있어요.

세일러복은 일본 학교에서 천천히 사라지고 있어요. 여학생과 남학생 교복 상의로 스포티한 단색 재킷을 선택하는 학교가 점점 늘고 있죠. 이제 하의, 즉 바지와 치마의 차이만 남아 있을 뿐이에요.

흥미로운 점은 일본에서 대다수의 여학생들이 교복 치마를 좋아하지 않는다는 사실이에요. 바바 마미가 자신의 논문 「복장에 나타난 젠더Gender in der Mode」에서 분석한 설문 조사에서는 중학교 1학년부터 고등학교 3학년까지의 여학생 중 3분의 1이 치마를 좋아한다고 답했고, 또 다른 3분의 1은 바지를 좋아한다고 답했어요. 바지를 선호하는 여학생이 꾸준히 20퍼센트인 반면, 치마를 선호하는 여학생은 중학교 1학년에서는 마찬가지로 20퍼센트이지만, 시간이 지나면서 점점 적어져 고등학교 3학년에서는 단 10퍼센트밖에 되지 않습니다. 이에 따라 여학생의 선택지로 교복 바지를 택하는 학교가 점점 늘어나고 있어요. 하지만 남학생이 치마를 입도록 허용하는 학교는 여전히 예외적인 경우예요. 히로시마의 가케고등학교는 예외적인 몇몇 학교 중 하나죠.

국영 텔레비전·라디오 방송국 NHK와의 인터뷰("남자인 내가 치마를 입는 이유僕がスカートをはく理由", 2021)에서, 구보라는 남학생은 자신에게 무엇보다 중요한 것은 치마를 입을 자유라고 말했어요. 하지만 그는 공개적으로 '커밍아웃'하고 LGBTQ 소수자임을 밝히라는 압력을 받는 것은 원치 않는다고 했어요. 흥미로운 점은 그가 퀴어라는 범주로 분류될 수 있어도, 주변 사람들은 이 학생이 치마를 입는다고 해서 불안해하지 않는다는 사실이에요. LGBTQ를 '소수자'로 받아들이면서도, 특정 젠더로 분류되지 않은 채 성적 경계를 넘어서는 것은 허용하지 않는 사람들도 분명히 존재해요. 그런데 그 학생이 훗날 트랜스 여성이나 동성애자로 살아가고자 할 가능성도 배제할 수는 없어요. 우선 우리를 감싸고 보호해주며 통풍이 잘 되는 옷을 아무런 편견 없이 입어보는 것이 무엇보다 중요합니다.

우리가 아직 '여자아이'나 '남자아이' 같은 말을 알지 못했던 먼 과거로 돌아간다면, 우리는 그저 부드러운 천에 감싸인 채 낮과 밤, 빛과 어둠, 배고픔과 포만감이 천천히 자리를 바꾸는 흐름 속에 떠다니고 있을 거예요. 그 시절 우리는 아직 거울 속 자신의 모습을 알지 못합니다. 우리는 아직 인간의 온전한 형상이 어떤 모습인지조차 떠올릴 수 없어요. 느낌상으로 우리는 어떤 장소를 향해 가는 도중이며, 아직은 주로 느낌으로만 생각하겠죠. 부드러운 천은 우리를 이러한 근원적 장면으로 되돌려놓을 수 있을 거예요. 그로부터 우리는 매번 또다시, 우리가 누구인지 질문할 수 있게 될 겁니다.

끝으로 저는 소설 『대니쉬 걸』의 한 구절을 인용하고 싶어요. 당시에는 릴리 엘베가 아직 에이나르 베게너였을 때 처음으로 안나의 옷을 입던 장면이죠.

에이나르는 상자 위에 서서 햇빛을 받았다. 공기 중에는 청어 냄새가 떠돌았다. 이상하게 물기 어린 느낌이 그의 온몸에 스며들었다. 드레스는 전체적으로 헐렁했지만, 소매만은 그렇지 않았다. 그는 마치 따뜻한 여름 바닷속에 잠겨 헤엄치는 듯한 기분이 들었다. 여우가 쥐를 뒤쫓았고, 그의 머릿속 어딘가에서 어떤 목소리가 들렸다. 겁먹은 어린 소녀가 나지막이 흐느끼는 소리가.[24]

거주할 수 없는 다양성

노이루핀_{Neurupin} 에 있는 벽화

all
genders
welcome ♡

"생물 다양성은 종 다양성을 넘어선다". '그린피스'가 내건 이 슬로건은 자연의 복잡성을 보존하려면 멸종 중인 종을 구하는 것만으로는 부족하다는 사실을 우리에게 일깨워줍니다. 젠더 다양성에 대해 깊이 있게 생각할 때마다, 이 슬로건이 제 머릿속에 떠오르곤 해요. L, G, B, T, Q만으로 이미 다섯 개의 알파벳이지만, 훨씬 더 많은 종류의 젠더 소속성과 성적 지향이 존재할 거예요.

이해할 수 없는 무언가를 하나의 알파벳으로 분류하고, 더 이상 그것에 관해 생각하지 않는 것은 쉬워요. 하지만 실제로는 모든 알파벳이 서로 연관되어 있어요. 알파벳 T는 L과 동일한 두 개의 획으로 이루어져 있어요. 단지 그 조합이 다를 뿐이죠. B라는 알파벳에는 배가 두 개 있는데, 그것의 이중적인 임신은 배가 없는 모든 알파벳을 도발하죠.

WWF(세계자연기금)는 2021년 1월 14일 홈페이지를 통해, 약 560종에 이르는 야생 꿀벌 중 41퍼센트가 멸종 위기종으로 분류되었고, 초지의 대표적인 나비 17종이 1990년에 비해 거의 50퍼센트나 감소했다고 보도했어요. 여전히 560종의 야생 꿀벌이 존재한다는 사실을 아는 것만으로도 놀라운 일이죠. 도대체 왜 그렇게 많은 종이 필요하죠? 너무 많은 것 아닌가요? 대여섯 종이면 충분하지 않나요? 그렇지는 않은 것 같아요. 자연은 지금의 형태로 발전해왔고, 다양성은 그 일부입니다. 만약 꿀벌의 수가 줄어든다면, 많은 식물이 더 이상 수분되지 못할 거예요. 그리고 사과와 배가 줄어든다면, 많은 벌레와 새가 살아남을 수 없겠죠. '먹이 사슬'은 아름다운 말은 아니지만, 서로 협력하지 않고는 살아남을 수 없다는 사실을 잘 보여줍니다.

'다양성'은 오늘날 젊은 세대가 특히 관심을 두는 두 가지 정치적 주제, 즉 환경 보호와 LGBTQ에서 빼놓을 수 없는 강력한 슬로건이 되었어요. 또한 이주 정책에서도 중요한 역할을 하죠. 하지만 다양성은 종종 문제적인 방식으로 표현되어, 개개인이 하나의 범주 뒤로 사라져버리기도 해요.

예를 들어 우리는 대도시의 다양성을 설명할 때 사람들을 집단별로 나열하는 데 익숙합니다. 세계적인 도시를 묘사하는 전형적인 방식은 다음과 같죠. "뉴욕은 문화적 다양성으로 잘 알려져 있다. 뉴욕 시민의 35퍼센트가 유럽 출신이다. 아프리카계 미국인과 라틴 아메리카계 미국인은 대략 각각 25퍼센트이고, 아시아계는 10퍼센트다."

제가 보기에 뉴욕 시민을 네 개의 집단으로 나누는 것은 '문화적 다양성'과 아무런 관련이 없어요. 오래전 유럽에서 이주해온 조상을 둔 모든 사람이 정말 하나의 문화적 단위를 이루며, 다른 집단과 구별될까요? 라틴 아메리카 출신 사람들은 아프리카계 미국인의 음악 장르와 완전히 다른 특정 음악 장르만 연주할까요? 아니면 여기서 '문화'라는 말은 '인종'이라는 말을 바꿔 쓴 것에 불과할까요? 백인이라고 말하지 않기 위해 '유럽 출신'이라고 말한 걸까요? 만약 다양성을 지닌 사회에서 제가 설 자리를 찾고자 한다면, 저 자신을 '아시아계' 집단에 분류해 넣어야만 할까요? 제가 특정한 문학을 선호해서 저를 일본인보다는 러시아인이나 유대인으로 느낀다면 어떻게 될까요? 제가 다른 지역 소속으로 인정받고자 한다면, 얼굴을 수술해야만 할까요?

다양성을 지닌 사회를 지향하는 노력은 사람들을 이미 정해진 범주로 나누는 일과 나란히 진행될 수 있어요. 제가 말하는 것은 개개인의 머릿속에 자리 잡은 고정관념뿐만 아니라, 정치적인 효력을 지닌 공식적인 집단 형성도 포함합니다.

예를 들어 싱가포르에서는 모든 주거 지역에 중국계, 말레이시아계, 인도계 주민이 대체로 똑같은 비율로 살도록 신경을 씁니다.

아마도 다른 나라에서는 상상도 할 수 없을 이른바 민족 통합 정책EIP이 싱가포르에서는 시행될 수 있어요. 인구의 약 80퍼센트가 국영 주택개발청HDB 소유의 주택에 살고 있기 때문이죠. 싱가포르는 서로 다른 출신의 사람들이 가능한 한 함께 섞여 살 수 있는 국가가 되도록 노력하고 있어요. 인종 분리 정책을 피하기 위해, 모든 사람이 자신을 공식적으로 하나의 '민족' 집단으로 분류해야만 해요. 마치 이런 집단 형성이 다양성의 기반인 것처럼 말이에요.

독일은 어떨까요? 베를린에서 요리사로 일했던 한 일본인의 이야기가 떠오르네요. 그는 베를린에서 식당을 열고 싶어 영주권을 신청했어요. 가능성이 나빠 보이지는 않았어요. 외국인청은 음식의 다양성에 반대하지 않는 것처럼 보였고, 이미 많은 외국 음식점이 베를린에서 이국적 음식을 요리하도록 허용했으니까요. 하지만 이 일본인 요리사는 영주권을 받지 못했어요. 일본 요리가 아니라, 이탈리아 요리를 하려고 했기 때문이죠. 그가 이탈리아에서 요리를 배웠고, 정말 열정을 가지고 이탈리아 요리를 만들었으며, 많은 손님이 그의 실력을 입증할 수 있었는데도요.

다양성. 그래요, 하지만 모든 사회 구성원은 외부로부터 자신에게 부여되는 역할을 수행해야 해요. 그러한 역할에서 벗어나지 않을 때만, 우리는 다양성을 지닌 사회의 일원이 될 수 있죠.

저는 이 에피소드를 잊을 수 없어요. 저 역시 진짜 이유를 말했다면 독일 체류 허가를 받지 못했을 테니까요. 저는 당시에 저를 도와주려던 변호사에게 제가 독일에 머물러야 하는 이유를 설명했어요. 저는 일본어뿐만 아니라 독일어로도 글을 쓰려 했는데, 언어들 사이에서 다중 언어로 작업하는 것이 제게 중요했기 때문이죠. 그런데 변호사는 외국인청에서 이러한 주장을 관철시키기는 힘들 거라고 말했어요. 저는 그에게 예를 들어 그들을 당장 설득할 근거가 무엇일지 물어봤어요. 변호사는 곧바로 답변을 생각해냈어요. "예를 들어 당신이 독일에 있는 일본 자동차 회사의 대표가 된다면요. 아니면 당신이 독일 남자와 결혼한다면요."

"베를린의 도심 지역인 크로이츠베르크에는 20제곱킬로미터가 족히 되는 면적에 180개의 민족이 함께 살고 있다"는 식의 호의적인 말도 저를 당혹스럽게 해요. 첫째, 크로이츠베르크에 사는 것은 민족이 아니라 사람이에요. 둘째, 저는 그들이 어떤 의미에서 정말로 "함께 산다"는 것인지 알고 싶어요.

몇 년 전, 저는 크로이츠베르크 코트부서 토어 전철역 근처의 한 초등학교로부터 초대를 받은 적이 있어요. 제가 찾아간 학급은 오로지 튀르키예와 아랍 출신 아이들로 이루어져 있었죠. 그들은 예외 없이 독일 여권을 가지고 있어서 제게 독일 여권이 없다는 사실을 신기해했어요. 이 방문 프로그램을 운

영하던 선생님은 아이들이 살면서 자신과 다른 배경
에서 자란 사람과 접촉할 기회가 너무 적다고 말했
어요. 크로이츠베르크의 다양성은 제가 상상했던 모
습과는 전혀 달랐죠.

　일본은 이중 국적을 허용하지 않아요. 다른 국적
을 취득한 사람은 자동으로 일본 국적을 잃게 되죠.
하지만 본인이 일본에서 공식적으로 일본 국적 '상
실'을 신고하지 않는 한, 이전 여권은 묵인됩니다.
제 친구는 약 20년 동안 이중 국적 상태로 있었지만,
코로나19 팬데믹으로 인해 그 국적을 상실했어요.
팬데믹 시기에 일본에 입국하려면 여권이 필요했는
데, 그러려면 그녀가 정식 외국인이어야 했죠. 다시
말해 그녀는 일본 국적 상실을 공식적으로 신고해야
만 했어요.

　저에게 낯설게 느껴지는 모든 관료주의는 제 상상
력을 자극해요. 제가 관청에는 남성으로 등록되어 있
지만, 아직 여성으로는 등록을 취소하지 않은 상태
라면 어떨까요? 그처럼 회색 지대에 놓인 이중적인
소속은 저에게 인간적으로 느껴지는데, 자신의 기억
과 결별할 수 있는 사람은 아무도 없기 때문이죠.

아르테 방송사의 다큐멘터리 영화(〈내 몸이 낯설다 Fremd im eigenen Körper〉, 2022년 4월 4일 방영)에 등장한 열아홉 살 트랜스 남성인 다닐로의 경우, 당시 딸이었던 아이가 실제로는 사내아이일지도 모른다고 가장 먼저 생각한 사람은 다름 아닌 그의 어머니였어요. 그런데 그녀가 제시한 근거가 충격적이었어요. 예를 들어 어머니는 딸이 여자아이답게 긴 머리를 하고 다니기를 바랐어요. 반면 딸은 늘 머리를 짧게 자르길 고집했죠. 저는 21세기에 한 아이에게 여자아이라는 이유로 머리를 기를 것을 요구할 사람이 과연 있을지 궁금해요. 또한 어머니는 당시에 딸이 자동차가 그려진 티셔츠를 갖고 싶어 해 의아해하기도 했죠. 다닐로는 열네 살 때 심한 우울증과 섭식 장애에 시달렸어요. 저는 어쩌면 그 이유가 어머니의 시대착오적인 기대 때문이었을지도 모른다고 생각해요. 그 기대는 사랑스럽게 전달된 미적 권유로 포장되었기 때문에 해로워 보이지는 않았죠. 다닐로의 어머니는 저보다 훨씬 젊은 세대예요. 그런데도 어떻게 젊은 여성들이 자동차가 그려진 티셔츠를 남자아이용으로 생각하게 된 걸까요?

다닐로가 딸이 아니라 아들이라는 단순한 가정이

그의 증상을 멈추게 했어요. 그는 남성 호르몬을 복용하기 시작했어요. 그 후로 자신에게 일어나는 몇몇 변화들을 확인하게 되죠. 그는 예전보다 에너지가 넘치고, 운동도 더 많이 해야 하고, 때때로 더 공격적이고 위험을 즐기게 되었다고 해요. 그런데 이 말은 저에게 마치 그가 여성은 에너지가 더 적고, 모험도 즐기지 않거나 즐겨서는 안 된다고 믿는 것처럼 들려요. 어머니는 자신의 젠더에 대한 고정관념에 의문을 품을 필요가 없게 되었고, 딸 역시 어머니에 대해 의문을 품을 필요가 없게 되었던 것이죠. 성전환 수술을 통해 사실은 이미 몇 세대 전에 사라져야 했을 낡은 세계 질서가 존속하게 된 것입니다.

다닐로는 인터뷰에서 자신이 여성을 갈망하지만, 레즈비언 여성으로 사는 것은 자신에게 선택지가 아니라고 말합니다.

그의 몸은 호르몬 복용으로 아주 남성스러워져 아무도 그를 여성으로 여기지 않을 거예요. 하지만 그는 이에 만족하지 않아요. 기분이 더 나아지기 위해서는 자궁과 난소 제거가 필요하다는 거죠. 그의 어머니는 성전환 수술의 모든 단계를 함께하며 그를 지지해줍니다. 그런데 과연 그녀가 트랜스젠더를 받아들이기 때문에 자유로운 걸까요, 아니면 단지 여성다움에 대한 자기 관념에 비추어볼 때 실패자인 딸을 사랑할 준비가 되어 있지 않은 걸까요? 이 영화를 보는 내내 제 머릿속에는 이러한 질문이 맴돌았어요.

만약 제가 다닐로의 입장이었더라면, 자신의 젠더 정체성을 찾아내기 위해 어머니와 3년 동안 떨어져 살고 그 후에야 성전환 수술을 받을지 말지를 결정했을 거예요.

이 다큐멘터리 영화에는 스물다섯 살의 또 다른 여성에 대한 보도가 나옵니다. 그녀는 남성으로 성전환 수술을 한 것을 후회하며, 오늘날 다시 여성으로 살아가고 있습니다. 어릴 때 그녀는 젠더 정체성에 아무런 문제가 없었지만, 열일곱, 열여덟 살 무렵부터 자신의 몸을 받아들일 수 없었고, 우울증과 섭식 장애를 겪게 되었어요. 그러다가 자신이 여성에게 끌린다는 사실을 깨달았고, 동시에 스스로에게 심한 동성애 혐오가 있음을 발견했어요. 그녀는 레즈비언이 되고 싶지 않았어요. 여성이 여성을 사랑하지만 레즈비언이 되고 싶지 않다면, 남성이 될 수밖에 없어요. 그녀가 내린 논리적 결론은 그러했죠. 동성애 혐오를 문제 삼기보다는 자신의 몸을 문제 삼은 거예요. 당시 그녀를 치료하던 의사는 세 달도 되지 않아 그녀가 남성 호르몬을 복용하게 했어요. 이 과정이 너무 빨리 진행되었고, 더욱이 그녀는 건강상의 위험에 대해서도 충분한 정보를 받지 못해서 부작용에 시달렸다고 해요. 오늘날 그녀는 심리적으로 불안정한 상태에서 그처럼 중요한 결정을 내릴 수 없으며 내려서도 안 되었다고 생각하고 있어요.

그녀는 당시 자신이 내린 결정과 그녀의 목소리를 굵어지게 만든 남성 호르몬 복용을 후회하고 있어요. 하지만 그것을 되돌릴 수는 없죠. 다만 가슴 절제에 대해서는 후회하지 않아요. 가슴은 늘 그녀에게 불편한 존재였고, 그녀를 성적인 대상으로 만드는 일종의 간판처럼 느껴졌으니까요.

성차별적 시선은 오늘날 공식적으로 더 이상 사회적인 문제로 간주되지 않아요. 어떤 여성이든 자신의 가슴을 자유롭게 표현할 수 있고, 그렇게 해야만 한다고 말하죠. 그 표현이 섹시하든 덜 섹시하든 상관없이요. 여성은 남성들의 반응에 대해 자신이 원하는 대로 반응할 수 있다는 거예요. 그렇게 하지 못하는 사람은 그 책임을 남성이나 사회에 전가해서는 안 된다고 하죠. 그 이유는 자신의 무능력에 있으니까요. 가슴을 절제하는 것도 개인적으로 취할 수 있는 해결책일 거예요. 어떤 여성도 희생자가 되고 싶어 하지 않아요. 그건 나약함의 표시일 테니까요. 반면 수술은 강인함을 보여주는 능동적 행동이 될 거예요.

이전에 트랜스 남성이었던 이 사람은 지금은 다시 여성으로 살고 있어요. 그런데 그녀의 여자친구 역시 똑같은 경험을 한 적이 있어요. 돌이켜보니 그녀는 자신의 본래 문제가 자신이 받아들이려 하지 않았던 성적 지향이었음을 깨닫게 되죠. 그녀는 남성이 됨으로써 레즈비언이 되는 것을 피할 수 있을 거라 생각했었어요. 현재 두 사람은 성전환을 후회하는 사람들의 다양한 인생 이야기를 함께 모아 인터넷에 올리고 있어요. 그들은 성전환에 대한 이들의 소망 뒤에 전혀 다른 문제가 숨어 있었음을 깨달았죠. 예를 들어 성폭력, 자폐 스펙트럼 장애 혹은 동성애 혐오증 같은 것이요.

남성이 되고 싶어 하는 젊은 여성이 급격히 늘어난 현상은 오랫동안 활동해온 페미니스트들에게만 의구심을 불러일으키는 것이 아니에요. 저는 왜 여성이 되고 싶어 하는 남자아이의 수가 똑같이 증가하지 않았는지에 대한 설득력 있는 설명을 찾고 있어요.

『쓰쓰미추나곤모노가타리堤中納言物語』*에는 12세기를 배경으로 한 한 공주의 이야기가 실려 있습니다. 이 공주는 벌레에만 관심을 두었고, 외모에는 전혀 신경 쓰지 않으며, 아웃사이더로 살았어요. 청소년 시절 저는 「벌레를 사랑한 공주虫めづる姫君」를 읽으며 위안이 되었고 기뻤어요. 저 자신이 다양한 여성들이 살았던 문명의 오랜 역사 속 일부처럼 느껴졌기 때문이죠.

겉으로 볼 때는 남녀 역할에 대한 고정관념이 이미 극복된 것 같은 현대 사회에서, 이 공주와 비슷한 젊은 여성이 자신을 아웃사이더로 느껴야 한다는 것

---

* 『쓰쓰미추나곤모노가타리』는 열 편의 단편으로 이루어진 소설집이다. 일본 헤이안시대 말기에서 가마쿠라시대 초기에 쓰인 것으로 추정되며, 작가는 알려져 있지 않다. 「벌레를 사랑한 공주」는 여기에 실린 단편 가운데 하나다.

은 이상한 일이에요. 오늘날 여성이 물리학자나 우주 비행사 대신 가정주부가 되어 아이들과 속옷에만 신경 써야 한다고 말하는 사람은 거의 없을 거예요. 이미 1970년대에 저는 (비단 저뿐만 아니라) 여성이란 어떤 존재인지 여성이 스스로 결정해야 한다고 생각했어요. 그렇기 때문에 더 이상 여성이 되지 말아야 할 이유는 존재하지 않았어요. 여성은 수염을 기르고 강인해 보이며, 남성복을 입고 다른 여성을 사랑할 수도 있어요. 하지만 여자아이가 어떤 모습이어야 하는지, 혹은 어떤 모습이어서는 안 되는지에 대한 사회적 기준은 지금도 여전히 새로운 미디어를 통해 우리의 무의식 속에 각인되며, 우리의 행복감이나 자기 자신에 대한 불만족에 영향을 줍니다.

또한 많은 이성애자 시스젠더 여성이 큰 가슴과 넓은 엉덩이 대신 소년 같은 몸매를 갖기를 바랍니다. (그런데 저는 '시스젠더 여성'이라는 개념이 좀 차별적이라고 생각해요. 이 용어는 외부에서 붙인 이름이니까요. 그렇다고 해서 'LGBTQ가 아닌 모든 사람'이라고 말하는 게 더 나은 것 같지는 않아요. 이 표현은 '비유럽인'이라는 개념과 비슷할 테니까요. 그런 개념은 어떤 사람이 유럽인인지 아닌지가 모두에게 본질적 차이를 만드는 것 같은 인상을 주죠.) 일본에서 널리 퍼진 BL 만화*라는 장르는 이러한 소망을 반영하고 있어요. 이 장르에서는 예쁘고 여성적인 젊은 남성들 간의 사랑이 다루어집니다. 이 장르의 독자층은 게이가 아니라 거의 전적으로 여성이고, 그중 대부분은 이성애자인 시스젠더 여성이에요. BL 만화는 오랫동안 기묘한 일본적 현상으로 취급받았지만, 서서히 다른 나라들에서도 퍼지고 있어요. 몇 년 전, 저는 방콕에서 열린 도서 박람회에서 큰 규모의 BL 만화 부스를 본 적이 있어요. 독일에서도 이 장르에 속하는 몇몇 만화들을 구입할 수 있습니다. '후조시腐女子'는 전혀 없거나 거의 없는 것이 분명하지만요. BL 만화의 애독자들은 '후조시(썩은 여자)'라고 불리는데, 이는 욕이라기보다는 자기 풍자적인 표현이죠.

'야오이やおい'는 일본에서 BL 만화를 지칭하는 용어입니다. '야や'는 이야기의 절정やま, '오お'는 결말おち, '이い'는 의미いみ를 가리키죠.

---

*   BL은 'Boys' Love'의 약자로, BL 만화는 남성 간의 사랑을 다룬 일본 만화 장르다.

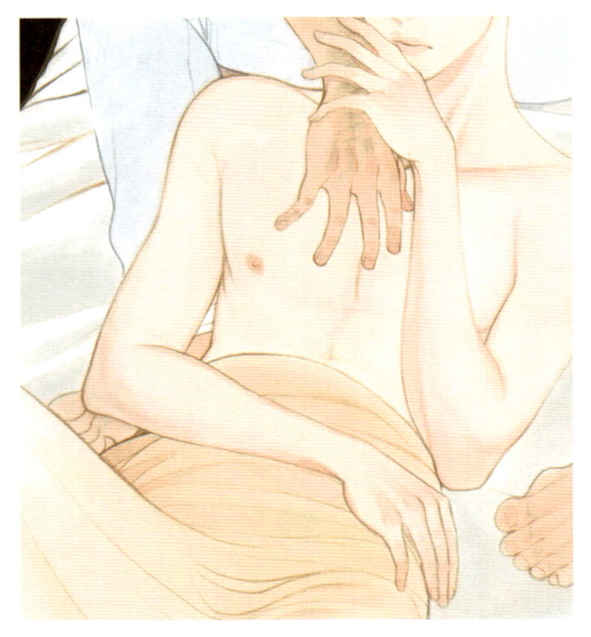

BL 만화의 한 장면

이 단어 역시 절정도, 반전도, 의미도 없는 장르의 자기 반어적인 표현입니다.

그렇다면 야오이 만화에 등장하는 주인공들의 특성을 어떻게 설명할 수 있을까요? 그들에게 날씬한 몸은 있지만, 마조히즘적인 기질이나 여성 모델들이 때때로 드러내는 굳건한 자부심은 없어요. 그들은 훨씬 더 부드럽고 생기 있으며 순수하죠. 그들의 몸은 임신하지 않고 나이도 들지 않아요. 또 몸은 여리지만, 쉽게 무너지지 않죠.

이미 1970년대 일본에서 두터운 독자층을 보유하고 있었던 야오이 만화는 LGBTQ 운동과는 별다른 관련이 없습니다.

베스트셀러 만화가인 하기오 모토에게는 당시 이미 이성애자 시스젠더 여성들로 이루어진 폭넓은 독자층이 있었어요. '후조시'라는 용어는 1990년대에 이르러서야 등장했죠. 그 이전에는 이런 표현이 없었는데, 모든 여성이 야오이 만화의 독자일 수 있었기 때문이죠. 이성애자인 시스젠더 여성들이 왜 두 젊은 남성들 사이의 연애 이야기를 읽으려 하는지 궁금해하는 사람은 아무도 없었어요. 제 생각으로는

타가메 겐고로, 〈아우의 남편〉 표지

서서히 여성의 몸을 갖게 되면서 약간의 부담 내지 위협을 느낀 젊은 여성들에게, 이 소년 같은 인물들이 편안한 도피처였을 것 같아요. 대부분의 젊은 여성들은 성인 남성용 포르노 만화에 묘사된 여성 인물들을 특히 혐오스럽다고 느껴요. 야오이 만화에 등장하는 소년들은 그와는 정반대죠. 그들은 사실 소년들이 아니라, 사랑이라는 낭만적 개념에 매달리면서도 자신의 실제 몸 때문에 이에 방해받고 있다고 느끼는 젊은 여성들이에요. 그들은 수술을 통해서가 아니라, 자신을 만화 인물들과 동일시함으로써 자신의 몸에서 해방됩니다.

여기서 저는 게이 만화와 야오이 만화가 얼마나 다른지를 보여주는 대조적인 사례를 짧게 들고 싶어요. 제가 높이 평가하는 만화가 타가메 겐고로는 1990년대에 비교적 작은 커뮤니티를 위해 게이 만화를 창작했어요. 그는 2014년부터 2017년까지 대표작인 『아우의 남편』을 연재했는데, 이 작품은 폭넓은 독자층을 얻었고 애니메이션으로 각색되기도 했죠. 이 만화는 일란성 쌍둥이 형제 이야기를 다룹니다. 그중 한 명은 캐나다로 이주해 현지 남성과 결혼하고 그곳에서 생을 마감하는 게이입니다. 다른 한 명은 일본에 남아 여성과 결혼해 딸을 하나 둔 이성애자죠. 그가 이혼하고 나서, 딸은 그의 집에서 살게 됩니다. 그러던 어느 날, 죽은 남동생의 전남편인 캐나다 남성이 갑작스럽게 그의 집 문 앞에 나타납니다. 이 남자는 고인이 된 남편의 형과 그의 고향을 알고 싶어 하죠. 어린 딸은 그 존재조차 몰랐던 삼촌의 등장에 기뻐해요. 선입견 없는 딸의 호기심과 기뻐하는 모습 덕분에, 그녀의 아버지는 점차 자신의 편견을 버리게 됩니다. 그는 아직 한 번도 동성애자들에 대한 반감을 가져본 적이 없었지만, 동생이 커밍아웃한 후 두 사람은 더는 사랑과 성적 지향에 대한 대화를 나누지 않았어요. 게이 동생이 이민을 간 뒤, 더 이상 둘 사이의 연락은 없었죠. 일본은 LGBTQ인 사람들에게 반대하는 말이나 행동을 하지 않는다는 점에서 관용적인 것처럼 보여요. 하지만 그들을 대하는 일반적인 태도는 그들과 함께 혹은 그들에 대해 이야기를 나누는 법이 없다는 사실 때문에 사실은 배제에 가깝습니다. 어린 딸은 호기심을 참지 못하고 캐나다인 삼촌에게 여러 가지 질문을 합니다. 예를 들어 한 여성이 다른 여성과 결혼할 수 있는지와 같은 질문이죠. 그녀는 자신이 들은 이야기를 전부 학급 친구들에게 전합니다. 그런데 한 교사와 한 여학생의 어머니가 이를 문제 삼아, 그녀의 아버지가 분명한 입장을 밝힐 수밖에 없게 됩니다. 그러나 그는 딸의 편을 들며, 딸의 솔직한 태도가 성적 지향이 다른 사람을 대하는 가장 바람직한 자세라고 분명히 말합니다.

타가메 겐고로가 그린 남성의 몸은 야오이 만화에 등장하는 몸과 극명한 대조를 이룹니다. 그의 그림 속 몸은 육중한 살로 이루어져 있어요. 즉 그것은 과시적인 근육만이 아니라, 쾌락, 배고픔, 슬픔 또는 기쁨으로 우리를 지상의 삶에 묶어두는 단순한 살이기도 해요.

최근에 몇몇 LGBTQ 만화들이 출간된 것은 놀라운 일이 아니에요. 요시나가 후미의 『어제 뭐 먹었어?』에 나오는 중년 게이 커플의 일상, 오쿠라의 『우리 아들은 아마도 게이』에서 어머니가 아들과 살면서 하게 되는 경험 그리고 다케우치 사치코의 『내가 여자아이를 좋아하게 된 날わたしが女の子を好きになった日』에 나오는 자전적 연애 이야기는 리얼리즘이나 자연주의를 추구해요. 반면 『젠더리스 남자에게 사

랑받고 있습니다』*라는 만화에서는 야오이 문화가 이어지고 있는 것처럼 보였어요. 이 만화 속 얼굴과 몸은 남성성이나 여성성에서 비롯되는 모든 문제에서 벗어나 정화된 형태로 나타납니다. 이 '젠더리스 남자 친구'는 어떤 경우에도 레즈비언이 되고 싶지 않은 레즈비언 여성에게는 이상적인 여인이 될 수 있을 거예요. 하지만 그의 모습은 이원적인 성별 체계와 그것이 지닌 강압과 폭력의 피안에서 에로틱한 매력을 표현하려는 시도일 수도 있어요.

독일어권에서의 '핸디(핸드폰)'라는 말처럼, 일본에서 만들어져 특정한 방식으로 사용되는 몇몇 영어 개념들이 있습니다.

그중 하나가 유니클로나 무지 같은 회사들이 자사 패션을 설명하기 위해 사용하는 '젠더리스 패션'이라는 말이에요. 또는 교육과 관련해 등장하는 '젠더 프리gender free(성별 구분 없음)'의 원칙이나 그에 반대하는 이들이 사용하는 '젠더 프리 배싱gender free bashing

---

* '젠더리스'는 성 정체성보다는 주로 외모나 패션에서 중성적인 스타일을 지시하는 개념으로 사용된다.

(젠더 프리 개념에 대한 공격)’도 그러한 예죠.† ‘성별 구분이 없는’ 교육은 더 이상 젠더 역할에 대한 전통적 관념을 전달하려 하지 않아요. 이러한 교육에 반대하는 사람들은 ‘성별 구분 없음’이라는 개념이 혼란을 자아내고, 아이들에게 결혼과 가족에 대한 부정적 인식을 심어줄 수 있으며, 그 결과 문화를 파괴할 수 있다고 주장합니다. 이러한 내용은 아베 신조가 이끈 프로젝트팀의 회의록에 분명히 적혀 있어요.[25]

(제가 이 문장을 쓴 직후, 아베 신조가 총격으로 사망했다는 소식을 들었을 때 정말 놀랐어요. 언론 보도에 따르면, 그 사건은 정치적인 동기에 의한 살인은 아니었다고 해요. 모든 망자에 대한 경외심 때문에, ‘젠더 프리’ 교육의 반대자인 그의 이름을 언급하는 것을 그만둬야 하나 잠시 생각했어요. 하지만 왜 꼭 그래야만 할까요? 그는 죽은 뒤에도 민족주의를 상징하는 인물로 남을 것이고, 그 민족주의는 LGBTQ 운동을 위한 어떤 자리도 남겨두지 않을 텐데요.)

심리학자이자 문학비평가인 사이토 다마키는 성

---

† 일본어에서 ‘gender free’나 ‘gender free bashing’은 외래어처럼 정착된 표현으로, 일반적으로 외래어 표기법에 따라 가타카나로 표기된다.

별 구분 없는 교육에 반대하는 사람들이 대부분 주관적인 인상을 근거로 삼고 있다고 씁니다. 이러한 인상은 남녀의 차이가 전적으로 생물학적인 본성에서 비롯된 것이며, 따라서 그러한 차이를 '생리적 숙명'으로 받아들여야 한다고 말합니다.[26] 사이토는 정신분석학자로서 젠더를 구성된 것으로 이해하지만, 동시에 섹슈얼리티를 절대적인 심층에 위치시킨 것이 바로 정신분석학이라고 주장합니다. 그 결과 섹슈얼리티는 본질적인 것이자 구성된 것으로 이해될 수 있다는 거죠.[27]

우리는 자연과 단절된 삶을 살고 있고 자연에 대해 아는 것도 거의 없지만, 정작 자연이 어떠해야 하는지에 대해서는 뚜렷한 이미지를 가지고 있습니다. 이러한 자연의 이미지는 LGBTQ 운동의 인위성을 입증하기 위해 반복적으로 오용되고 있어요. 실제로 자연은 그 형태나 전략 면에서 매우 다양한데도 말이죠.

저는 자연을 대표하는 생물인 해마에게 묻고 싶어요. 두 개의 성별이란 무엇인지 말이죠. 해마는 교미할 때 암컷이 수컷의 배 주머니에 알을 뿜어내요. 그 안에서 알은 부화하고, 수컷의 배에서 새끼 해마가 태어납니다. 다시 말해 수컷이 임신하고 새끼를 낳는 것입니다.

해마는 일본어로 '다쓰노오토시고タツノオトシゴ'예요. 문자 그대로 번역하면 '용의 사생아'라는 뜻이죠. 문제는 큰 용과 그 정식 자식의 경우에도 수컷이 임신하느냐는 것입니다.

자연에 두 개의 성이 있고, 그중 하나는 정자나 수술을 생산하고, 다른 하나는 난자나 암술을 지닌 채 그것을 기다리는 것은 결코 당연한 일이 아니에요. 식물 가운데 완전히 암꽃이거나 완전히 수꽃인 경우는 '자웅이주' 식물뿐이에요. 여기에 속하는 예로는 버드나무, 삼, 홉, 산자나무, 키위가 있습니다.

대부분의 자생 식물은 사과, 장미, 체리처럼 자웅동체(그러니까 LGBTQ 운동에서 사용하는 용어로는 '인터섹스'라고 불러야 할 거예요)예요. 그 식물들은 한 꽃 안에 암술과 수술이 있는데, 이것이 우리에게 가장 친숙한 형태죠.

대부분의 포유류에게서 나타나는 암수 구분은 자

생 식물 사이에서는 오히려 예외예요. 어릴 적부터 사람들이 오직 암그루 은행나무 아래에만 모여, 몹시 탐내던 은행 열매를 줍던 장면이 제 눈에 띄었습니다. 은행 열매의 과육은 아쉽게도 개똥 냄새가 났지만, 그 속에는 맛있는 씨앗이 들어 있었죠. 본래 수그루 60그루 중 하나만 암그루인데, 인간의 개입으로 오늘날에는 꽤 많은 암그루가 존재합니다. 이는 자연 상태에서 예상할 수 있는 것보다 더 많은 수치죠.

저는 제 시학 강의록에서 새로운 매체의 게시물들을 분석하기보다는, 이전 매체의 자료들을 많이 인용했어요(그 자료들은 약간 오래된 것에 그치지 않고, 일부는 800년이나 된 것도 있어요). 제가 새로운 매체의 게시물들을 무시하거나 폄하하려는 것은 아니에요. 하지만 그러한 게시물들과 대화하고 그에 기여하려면, 제 개인적인 젠더 복수성이 자라난 토대였던 문헌들로 끊임없이 돌아가는 것이 필요해요.

괴테의 유명한 은행나무 시 「은행나무Ginkgo biloba」(1815)는 잎의 형태를 유희적으로 다룹니다. 하지만 은행나무의 암수가 구분되어 있다는 점을 생각하면, 이 시를 좀 다르게 읽을 수 있을 것 같아요. 은행나무 잎이 두 갈래로 나누어진 것은 은행나무의 암수가 구분되어 있음에 대한 고통의 표현이에요. 즉 암그루와 수그루는 영원히 분리되어 있죠. 그들은 땅에 뿌리를 내리고 있기 때문에, 서로에게 달려가 포옹할 수 없습니다. 하지만 잎, 곧 나뭇잎과 악보와 시를 쓰는 종이에서도* 우리는 매번 인간의 젠더가 하나이자 이중적임을 느끼게 되죠.

요한 볼프강 폰 괴테 「은행나무」

이 나무의 잎은, 동쪽에서 와
내 정원에 건네져,
비밀스러운 의미를 맛보게 하고,
지혜로운 이를 기쁘게 하지.

---

* '악보(Notenblatt)', '종이(Blatt Papier)', '나뭇잎(Baumblatt)'이라는 표현에는 독일어로 '잎'을 의미하는 단어 'Blatt'가 포함되어 있다. 'Blatt Papier'에서 'Blatt'는 종이를 세는 단위로 '장(張)'을 의미한다. 예를 들어 'Ein Blatt Papier'는 '종이 한 장'을 뜻한다.

그것은 하나의 살아 있는 존재일까,

자기 자신 안에서 나누어진

아니면 둘이 서로를 선택해

하나로 여겨지는 걸까?

이런 질문에 대답할,

올바른 의미를 찾아낸 것 같아;

내 노래들에서 느껴지지 않니

내가 하나이면서 둘이라는 걸?

　제가 처음 자웅이주라는 개념에 주목하게 된 계기는 파울 첼란의 시집 『아무도 아닌 자의 장미』에 나오는 한 시였어요. 저는 정원 일에 대해서는 거의 아는 바가 없지만, 첼란의 언어적 다양성에는 줄곧 관심이 있었죠. 첼란은 자신의 시에서 때때로 학술 전문 용어를 사용했어요. 이로 인해 시어가 이물질처럼 느껴지죠. 사전 없이 시에 등장하는 모든 단어를 이해할 수 있는 이상적인 독자층에 대한 환상은 의문시되고, 이 이상한 우회를 거쳐 시는 누구에게나 열려 있는 개방성을 얻게 되죠. 더욱이 전문 용어를 통해 예를 들면 생물학적 지식과 같은 다른 분야의

지식과의 연결이 생겨나고, 이는 모든 것을 은유로
만 이해하려는 게으른 습관을 중단시킵니다.

자웅이주인 영원한 이여, 너는
거주할 수 없는 집.
그래서 우리는 짓고 또 짓는다.
그래서 그것이 놓여 있네, 이 비참한 잠자리가,
비를 맞으며, 거기 놓여 있네.

오라, 사랑하는 이여.
우리가 여기 누워 있는 것,
그것이 바로 중간 벽이야.
그는 자신만으로 충분해, 두 겹으로.
그를 내버려둬.
그가 온전히 자기 자신이 되게 해,
반쪽으로서 그리고 다시 반쪽으로서.
우리는, 우리는 빗속의 잠자리,
그가 와서 우리를 말려주기를.

…

그는 오지 않고, 우리를 말려주지 않네.

식물학적 전문 용어인 ‘자웅이주’와 ‘영원한 이’라는 말의 이상한 조합은 저를 성서의 세계로 이끕니다. 저는 종교를 믿지는 않아요. 하지만 지금 신학자들의 건물에서 말하고 있고 제 뒤에 십자가에 못 박힌 예수 그리스도의 존재를 느껴서, 강력하게 반복되는 ‘짓다’라는 동사로 노아의 방주를 떠올리게 돼요. 왜냐하면 위기에 처한 우리가 지을 수 있는 것은 구조선밖에 없기 때문이죠. 노아의 방주에서는 모든 동물이 암수 한 쌍씩 구조돼요. 이는 우리가 살아가는 세계의 이원적 기원을 설명하려는 시도지만, 그러한 시도는 참혹한 홍수를 겪은 후에야 이루어지죠. 어쩌면 그 이전에는 더 많은 젠더가 존재했을지도 몰라요.

거주가 하나의 예술이라면, 퍼포먼스는 또 다른 예술입니다. 우리의 생물학적 몸은 우리가 꿈꾸는 모든 젠더가 거주할 수 있는 집이 아니에요. 현대 의학은 우리에게 몸을 집처럼 개조하자고 제안하죠. 물론 거기에는 경제적 이해관계가 개입되어 있어요.

집은 수리를 통해 점점 완벽해질 수 있어요. 하지만 우리는 정말 우리의 몸에 거주할 수 있을까요? 몸은 우리가 거주하도록 주어진 걸까요, 아니면 우리가 춤추고 노래하기 위해 존재하는 걸까요?

저는 모든 형태의 퍼포먼스에서 더 큰 가능성을 봅니다. 어떤 것도 붙잡아둘 수 없지만, 표현될 수 있는 것은 많으니까요. 저는 하나의 관념 속에 갇혀 있고 싶지 않아요. 어떤 젠더도 제게 꼭 들어맞는 집이 될 수 없어요. 저는 그 집 안에서 평생을 보내고 싶지도 않아요.

저는 오페라 〈장미의 기사〉(1911)의 마지막 장면으로 제 강의를 끝맺고자 합니다. 이 오페라에서는 세 명의 여성 성악가가 트리오로 노래를 부릅니다. 그들은 각각 젊은 여성인 소피, 중년 여성인 원수 부인 그리고 역시 여성 성악가가 연기하는 젊은 남성 옥타비안이에요. 리하르트 슈트라우스가 이 작품을 작곡하던 시절에는 여성이 남성 역할을 맡는 것은 이미 시대에 뒤떨어진 방식이었지만, 옥타비안의 역할은 처음부터 여성이 연기하도록 의도된 것이었어요. 여성이 맡는 남성 역할은 프랑스어로 '트라베스티

Travesti', 이탈리아어로는 '트라베스티토travestito'라고 불립니다. 그 기원은 17세기와 18세기로 거슬러 올라가는데, 당시 오페라 대본에는 카스트라토*를 위한 역할이 포함되었어요. 이후 일부 역할을 여성 성악가가 맡게 되었고, 나중에는 아예 여성 성악가를 위해 특별히 만들어진 남성 역할도 생겨났죠. 19세기에 들어 카스트라토의 수가 급격히 줄어들었지만, 여성이 연기하는 남성 역할은 오페라 예술의 중요한 표현 수단으로 계속해서 유지되었습니다.

성별의 경계를 넘나드는 표현은 예로부터 항상 연극 예술의 중요한 요소였어요. 고대 로마 제국에서는 무대에서 여성의 출연을 금지했기 때문에 남성들이 여성 역할을 연기했죠. 이후 여성들이 무대에서 연기할 수 있게 된 뒤에도, 한동안은 여전히 카스트라토들이 여성 역할을 맡았어요. 당시 관객들이 아직 카스트라토를 포기할 준비가 되어 있지 않았으니까요. 물론 그 관객들이 모두 성소수자였던 것은 아니에요. 하지만 성적 지향과 관계없이, 사람들은 '트라베스티'를 매력적으로 느꼈죠.

* 거세된 남성 성악가를 의미한다.

이러한 전통은 일본의 가부키와도 비슷해요. 오늘 날에도 가부키에서는 여전히 남자 배우들이 여성 역할을 연기하죠. 오래전부터 그럴 필요가 없어졌지만요.

2008년 이른바 '동성애의 해'에 베를린의 희극 오페라 극장에서 크리스토퍼 스트리트 데이를 기념해 〈장미의 기사〉가 공연되었어요. 『타게스슈피겔 Tagesspiegel』에 따르면, 이날은 레즈비언의 날이기도 해요. 그 이유는 이렇게 적혀 있습니다. "슈트라우스의 〈장미의 기사〉에서 마지막 관계의 구도를 결정짓는 것은 결국 세 여성의 목소리다. '이건 꿈일까요? 진짜일 리 없어요'라는 마지막 이중창은 크리스토퍼 스트리트 데이의 모토로도 잘 어울릴 것이다."[28] 이 기사의 필자는 대부분의 오페라가 '이성애 중심의 사랑 이야기'를 다룬다는 사실을 인정하면서도, 적어도 동성애적인 어조를 지닌 작품도 몇몇 존재한다고 지적합니다. 그는 베를린의 세 오페라 극장 가운데 희극 오페라 극장만이 게이와 레즈비언 관객을 적극적으로 유치하려고 한다고 주장하죠. 하지만 제 생각에 이 주장은 다소 설득력이 부족해요.

첫째, 연극에서 동성애적 요소는 누구에게나 흥미롭기 때문이고, 둘째, 게이와 레즈비언 오페라 애호가들 역시 동성애적인 어조가 없는 오페라 공연도 관람할 테니까요.

〈장미의 기사〉는 의심할 여지 없이 이성애 중심의 사랑 이야기예요. 남편이 없는 틈을 타 훨씬 젊은 남성 옥타비안과 비밀리에 관계를 맺고 있던 원수 부인은 어느 날 옥타비안이 소피라는 젊은 여성에게 마음이 끌리고 있음을 알게 됩니다. 원수 부인은 슬픔에 잠기고 자신이 늙어간다는 사실에 고민하지만, 옥타비안을 붙잡기 위해 싸우지 않고 조용히 그를 보내줍니다. 바로 그 순간, 그녀는 전통적인 여성 젠더 역할에서 벗어나 제3의 관점으로 옮겨가죠.

그 유명한 피날레에서 세 목소리는 모두 여성의 목소리입니다. 이 목소리들은 서로 다르지만, 베이스가 소프라노의 정반대에 놓이는 방식으로 대비되는 것은 아니에요. 세 여성의 목소리는 서로 겹치고 위치를 바꾸며 함께 어우러집니다. 그 목소리에 귀를 기울일 때마다, 저는 늘 약간의 불안감을 느껴요. 세 목소리가 하나의 화음을 이루는 순간을 찾지 못해서죠. 각자가 자신만의 리듬과 속도로 노래 하는 것처럼 들리거든요. 이러한 느낌은 극 중 인물이 모두 각자의 생각에 따라 움직이는 상황과 잘 어울립니다. 옥타비안은 반복해서 말합니다. "내 마음이 어떤지 나도 모르겠어." 반면 소피는 꿈꾸듯 묻죠. "이건 꿈일까요? 우리 둘이 함께 있다는 게 진짜일 리 없어요." "올바른 방식으로 사랑하는 것"이라는 도덕적 문장이 원수 부인의 입에서 나올 때는 감정적이고 관능적으로 들립니다. 이 문장 속의 '사랑하다lieb'라는 단어는 세속적인 사랑의 차원을 벗어나, 손에 닿지 않는 아름답고 높은 음조 속을 떠다니죠. 원수 부인이 이렇게 노래할 때 저는 소름이 돋습니다. "그이가 다른 여인을 사랑하는 것조차 내가 여전히 사랑하고 있다니!" 이러한 소름은 어떤 겹침과도 관련이 있어요. '다른andern'이라는 단어가 길게 이어지는 동안, 소피의 목소리가 더해지며 '나에게mir'라는 단어로 시작되죠.

두 여성의 만남이 얼마나 친밀하면서도 기묘한지 몰라요. 곧이어 옥타비안의 목소리가 더해집니다. 그것 역시 여성의 목소리이지만, 물론 다른 두 사람보다 훨씬 낮은 음역으로 등장해요. 그다음, 항상 저를 강하게 뒤흔드는 무언가가 일어나죠. 이 세 목소리는 한순간 어우러집니다. 소피는 'heilig'*라는 단어의 'lig'를, 원수 부인은 'freilich'†라는 단어의 'lich'를 그리고 옥타비안은 'Ich'‡라는 단어를 노래하죠.

예기치 않게 세 개의 거센 물결이 하나로 합쳐집니다. 그것들 모두 어떤 방식으로든 여성적이면서도 여성적이지 않은데, 어쨌든 매우 다릅니다. 하지만 분명 음악에서, 또는 더 정확히 말하면 음악 공연, 즉 퍼포먼스에서 하나로 합쳐질 수 없는 것들이 공존하게 되는 순간들이 있지요.

시간은 계속 흐르고, 저는 음악을 붙잡아둘 수 없습니다. 결국 제가 붙잡아둘 수 있는 테제, 젠더, 인식은 없었어요. 하지만 저는 한번 모든 멜로디를 연주해보았어요. 임시적인 형태로, 시학 강의라는 형식으로 말이에요. 이 책을 읽어주신 여러분 모두에게 진심으로 감사합니다.

---

* '성스러운'을 의미하며 '하일리히'라고 발음한다.
† '물론'을 의미하며 '프라일리히'라고 발음한다.
‡ '나'를 의미하며 '이히'라고 발음한다.

옮긴이의 말

2025년 5월 서울대학교에서 다와다 요코의 낭독
회가 열렸다. 다와다는 젠더와 관련된 질문을 받고
자신은 이 문제를 뚜렷한 의식을 가지고 본격적으로
다루기 전부터 이미 자신의 작품에서 다양한 방식으
로 형상화했었다고 대답했다. 실제로 다와다의 초기
작품에는 아시아 출신 여성 주인공과 그녀의 남자
친구인 유럽 남성이 등장하는 인물 구도가 자주 나
타난다. 이 구도에서, 남성 중심주의와 유럽 중심주
의는 각각 페미니즘 관점과 오리엔탈리즘 비판의 관
점에서 비판의 대상이 된다. 또한 다와다는 정신분
석학적 페미니즘의 대표적 이론가인 크리스테바의
이론을 문학적으로 활용하며 가부장적인 질서를 비
판하기도 했다. 나아가 자신의 에세이에서 젠더 정
체성이 결코 생물학적 신체에 의해 결정되지 않을
뿐만 아니라, 심지어 다원적이고 유동적일 수 있음
을 밝히기도 했다.

그렇지만 지금까지 다와다가 페미니즘이나 젠더 연구에 대한 자신의 입장을 체계적으로 밝힌 적은 없었다. 이러한 맥락에서 2022년 6월 22일, 6월 29일 그리고 7월 14일 세 차례에 걸쳐 다와다가 독일 밤베르크대학교에서 한 시학 강의는 흥미롭다. 2023년에 책으로 출간된 이 시학 강의록에서 다와다는 성별의 이분법적 구분과 이성애 중심주의를 비판하고, 젠더 다양성을 주장하는 오늘날의 젠더 담론과 비판적으로 대결하며, 그것에 대한 양가적 입장을 표명한다. 젠더 이분법과 이성애 중심주의에 대한 비판은 타당하지만, 그로부터 생겨나는 다양한 젠더의 가능성을 L, G, B, T, Q 같은 범주로 분류하는 방식에 대해서는 생각해볼 필요가 있다는 것이다.

『젠더 논쟁을 위한 혀 체조』는 ‘젠더와 신체’, ‘젠더와 언어’, ‘젠더와 옷’, ‘젠더 다양성’이라는 네 가지 주제를 다룬다. 특히 특정한 성과 결부되어 규정될 수 없는 신체 부위인 혀는 다양한 젠더 표현이 가능한 신체적 공간으로서 특별한 의미를 부여받는다. 오늘날 여러 매체에서 신체 부위를 특정 젠더와 연결하며 그 의미를 규정하려는 다양한 시도들이 일어나고 있는데, 다와다는 이에 맞서 신체를 사회적 구속에서 해방해 자유롭게 만들고자 한다. 혀로 대변되는 우리의 몸이 사회적 속박에서 벗어나 자유롭게 움직이며 춤출 수 있을 때, 비로소 인간은 젠더 정체성을 강요받지 않고 자유롭게 그것을 수행하며 다양한 정체성을 펼쳐나갈 수 있게 된다. 이러한 의미에서 다와다는 젠더 논쟁을 새롭게 불러일으키기 위해 '혀 체조'의 필요성을 역설한다.

첫 번째 시학 강의에서는 '혀와 젠더'의 관계가 논의된다. 다와다는 인간의 신체 부위가 거의 대부분 젠더와 연관해 규정된다고 말한다. 가령 남성의 경우에는 다리털이 있어도 그것이 남성적인 야성미로 여겨져 사회적으로 용인되지만, 여성의 경우에는 여성스럽지 못한 것으로 간주되어 다리털을 밀도록 권해진다. 또한 생물학적으로는 남녀 모두 속눈썹 길이가 크게 차이가 없지만, 여성에게는 길고 진한 속눈썹이 아름답게 여겨져 속눈썹을 붙이거나 마스카라를 하는 반면, 남성은 속눈썹이 길고 짙으면 동성애자로 오해받을 수 있다.

다와다는 신체 부위를 특정한 젠더와 연결하며 속박하려는 시도에 맞서, 계보학적 연구를 통해 신체에 대한 성별 고정관념을 비판한다. 다와다는 가령 고대 이집트에서는 남녀노소를 불문하고 속눈썹을 진하게 칠했는데, 그 이유가 단순히 미적인 이상 때문이 아니라 악령을 물리치기 위함이었음을 강조한다. 또한 현대에 일상화된 마스카라 역시 20세기 초반에 이르러서야 일본에 수입되었으며, 그 사용 대상과 빈도가 시대에 따라 달랐음을 지적한다. 가령 처음에는 여자 배우들만이 마스카라를 사용했고, 그러다가 점차 일반 여성들도 사용하게 되었으며, 2차 세계대전 시기에는 마스카라가 사라졌다가 전후 경제 기적의 시기에 다시 짙은 눈 화장이 활발해졌다. 더욱이 다와다는 전통 가부키에서는 남자 배우들만 무대에서 연기를 했는데, 이들 역시 화장을 통해 눈매를 매우 강조했다고 말한다. 이처럼 우리가 일반적으로 신체 부위의 특징을 타고난 남녀의 생물학적 본질로 규정하려는 것에 맞서, 다와다는 신체 부위에 대한 현재의 젠더 고정관념이 사실은 시대 속에서 만들어진 것이고, 그것의 젠더적 연출이 시대마다 변했음을 보여준다.

푸코를 연상시키는 다와다의 젠더 계보학적 연구는 다와다가 왜 현대 미디어보다 과거 매체에 더 관심을 기울이는지를 설명해준다. 다와다는 오늘날 우리가 젠더 다양성을 인정하는 자유로운 사회에 살고 있다고 생각하지만, 사실은 텔레비전이나 영화, 인터넷 등 다양한 미디어를 통해 끊임없이 젠더에 대한 고정관념을 주입받고 있음을 지적한다. 그래서 젠더에 관한 과거 문헌, 예를 들면 중세 문헌을 읽으면서 오히려 그러한 젠더의 구속에서 벗어나 자유롭게 숨 쉴 수 있게 된다고 말한다. 이처럼 계보학적 연구는 우리가 초시대적인 본성 내지 본질로 간주한 것의 역사성을 드러내고, 그것을 새로운 시각에서 바라보고 이해할 수 있게 한다.

대부분의 신체가 성별과 연관해 규정되는 것과 달리, 혀는 그러한 규정에서 벗어난 것처럼 보인다. 다와다는 남성적인 혀도 여성적인 혀도 없다며, 혀의 에로틱한 특성에도 불구하고 혀에 젠더적 특성이 부여되지 않는 것이 흥미롭다고 말한다. 사실 다와다의 소설이나 에세이에서 혀는 중요한 신체 기관으로 강조된다. 다와다는 언어의 신체성을 강조하며, 말하는 언어가 바뀌면 혀도 달라진다고 말한다. 또한 번역이 단순히 의미만 전달하는 의사소통적 번역을 넘어 문체文體, 즉 텍스트의 신체적 특성까지 번역하는 문학적 번역이 되어야 함을 강조하며, 이러한 신체적 번역과 연관해 '혀'를 언급하기도 한다.

『젠더 논쟁을 위한 혀 체조』에서는 혀를 젠더적으로 규정되거나 평가받지 않는 특별한 신체 부위로 간주한다. 특히 혀의 신체성을 강조하며 동물과 연결하는데, 이 부분에 주목할 필요가 있다. 다와다는 자신의 몸속에서 다양한 동물을 발견한다고 말한다. 속눈썹에는 나비가 깃들어 있고 혀에는 뱀이나 도룡뇽이 머물러 있다고.

다와다가 여기서 뱀을 언급한 것은 단순한 비유적 의미를 넘어선다. 뱀은 오늘날 징그럽고 무서운 동물로 인식되곤 하지만, 사실 여성이 남성과 대등한 힘을 지니며 대우받던 시절에는 여신의 표상으로 등장하기도 했다. 멀린 스톤에 따르면, 성서에서 뱀이 여성을 유혹한 사악한 동물로 낙인찍힌 것은 가모장적 질서의 흔적을 지우려는 가부장적 사회의 이데올로기 때문이다. 또한 용은 어원적으로 큰 뱀을 의미하는데, 서양 신화에서 영웅이 용을 제압하는 장면 역시 가부장적 사회로 들어서면서 생겨난 여성에 대한 억압과 무관하지 않다.

이러한 맥락에서 다와다는 독일 작가인 안네 두덴이 『알파벳 속의 상처』에서 다룬 성 게오르기우스의 일화와 그것에 관한 그림들의 해석에 관심을 보인다. 성 게오르기우스는 어느 마을을 지나가다가 용에게 제물로 바쳐진 공주를 보게 된다. 그는 그곳 마을 사람들이 용에게 한 명씩 제물로 바쳐져 잡아먹혔다는 이야기를 듣는다. 성 게오르기우스는 공주를 구해주며 마을 사람들이 모두 기독교로 개종하면 용을 퇴치해주겠다고 말한다. 이처럼 성자와 영웅의 용 퇴치 이야기는 악에 대한 선의 승리를 보여주는 것처럼 보인다.

그런데 다와다는 두덴의 책에 실린 파올로 우첼로의 〈성 게오르기우스와 용〉에서 공주가 자신을 구해주는 게오르기우스보다 오히려 용과 더 많은 공통점을 지니며, 용에 대한 공감과 연민을 표현한다고 말한다. 이러한 해석은 용을 제압하는 영웅의 그림에서 그녀가 가부장적 사회에서 이루어지는 여성의 억압에 대한 상징적 묘사를 보고 있음을 의미한다.

그런데 다와다는 이러한 해석에서 한 걸음 더 나아가 용이 지닌 혼종성에 주목한다. 〈성 게오르기우스와 용〉에서 용은 단순히 단일한 정체성을 지닌 상상의 동물로 등장하는 것이 아니라, 여성인 동시에 남성이고, 포유류이자 파충류이며, 다양한 동물의 특성이 혼합된 혼종적 존재로 나타난다. 어쩌면 성 게오르기우스가 용을 죽이려 한 것은 그 동물이 함의하는 혼종성 때문인지도 모른다. 특히 게오르기우스는 자신의 창으로 용의 목구멍을 겨냥해 혀를 입바닥에 처박는데, 이는 용과 마찬가지로 젠더 경계를 넘어서 있고 변화무쌍한 동물적 신체성을 지닌 혀를 속박하기 위해서다. 그러나 다와다는 혀가 "용과의 싸움에서 살아남아 계속 우리 안에서 살고 있는 몇 안 되는 신체 부위 중 하나"라며, 혀가 자유롭게 춤출 수 있도록 해야 한다고 말한다. 오늘날 혼종적인 환상의 동물인 용이나 자유롭게 움직이는 혀는 우리에게 두려움과 매력을 동시에 불러일으킨다. 다와다는 이들이 단일한 정체성을 고수하려는 우리를 불안하게 하면서도 그로부터의 해방을 꿈꾸게 하는 힘을 지니고 있다고 말한다.

두 번째 시학 강의에서는 '언어와 젠더' 문제가 다루어진다. 이전에 학생들의 논문을 지도하면서, 학생들이 여성 작가를 '그녀'가 아니라 '그'로 지칭하는 글을 자주 접했다. 젠더 연구나 페미니즘에 크게 관심이 없었던 시절이어서 내 눈에는 그러한 표기가 좀 어색해 보였지만 그에 대해 깊이 있게 생각하지는 않았다. 하지만 그러한 표기 뒤에는 남녀의 성별을 구분하지 않고 작가를 중립적으로 다루려는 의도가 숨겨져 있다. 그런데 여기서 드는 한 가지 궁금증은 왜 하필이면 그 중립적인 표현의 인칭대명사가 '그녀'가 아니라 '그'인가다. 물론 우리말에서 3인칭을 지시하는 인칭대명사가 원래는 중세부터 '그' 하나였다가 일제 강점기 이후 서양 문헌 번역 과정에서 '그녀'가 추가되었기 때문에, '그'가 남녀를 포괄하는 명칭이라고 볼 수도 있을 것이다. 하지만 오늘날 '그'와 '그녀'가 언어적으로 구분되어 있는 상황에서 3인칭으로 여성을 지시하는 개념인 '그녀'를 없애고 '그'만 남긴다면, 여기서의 '그'는 이전의 포괄적인 대명사인 '그'와 다른 의미로 이해되며 또다시 남성 중심주의를 강화할 위험도 있다.

최근 독일어에서도 유사한 맥락에서 언어 속에서의 젠더 문제가 논쟁거리가 되고 있다. 독일어를 처음 공부했을 때 눈에 띈 것은 명사에 있는 남성, 여성, 중성이라는 세 개의 성이다. 모든 명사의 성을 외워야 한다는 것이 엄청나게 부담되기도 했지만, 그러한 성의 분류가 이른바 자연적 구분에 일치하지 않는다는 점이 흥미롭기도 했다. 가령 성별이 없는 사물의 경우에도 책상은 남성, 공책은 중성, 주전자는 여성이기 때문이다. 또한 남녀 모두에게 해당할 수 있는 직업 명칭은 남성명사로 분류되고, 여성형을 만들 때는 접미사 in을 붙인다는 점이 흥미롭다. 독일어에서는 이러한 명사에서 남성이 남녀를 통칭하는 대표 명사인 동시에 남성의 의미를 지니고, 여성은 아담의 갈비뼈처럼 in을 더해 만들어진다는 점에서 남성에 부속된 느낌이 든다. 더 나아가 이처럼 명사를 남녀의 형태로만 만드는 것은 이 두 성별에 속하지 않는 다양한 젠더를 배제하는 문제점이 있다. 이러한 문제점을 해결하기 위해, 가령 작가를 의미하는 신조어인 'Autor*in'처럼 독일어로 작가를 의미하는 'Autor'와 여성형 접미사 'in' 사이에 '젠더 별표'를 집어넣어 다양한 젠더를 포괄할 수 있도록 해야 한다는 목소리가 커지고 있다. 또한 이러한 명사들을 받는 인칭대명사 역시 er, es, sie 세 형태로 구분되는데, 이러한 성별 구분을 없애기 위해 새로운 신조어들이 제안된다.

다와다는 젠더와 언어의 관계를 두고 최근 독일에서 벌어지는 논의들을 소개하면서도, 다양한 신조어 개발을 통해 이 문제를 해결하려는 입장에 완전히 동의하지는 않는 것처럼 보인다. 가령 '작가Autor'를 지칭하는 명사가 남성이고 여성형을 접미사 'in'을 붙여 표현하는 것에 문제가 있다는 점을 언급하면서도, 이 단어가 남성명사인 것을 '남성 중심주의'와 연결하지 않고 그저 책상이 남성인 것처럼 단순한 문법적 성으로만 간주하면 문제가 간단해질 수 있다고 말한다. 즉 책상이 남성이고 주전자가 여성인 것에 우리가 분개하지 않듯이, 작가에게 남성명사를 붙인 것도 그저 문법적 성으로만 간주하면 크게 문제 삼지 않고 넘어갈 수 있다는 것이다. 그렇게 되면 이 단어가 남성과 여성은 물론 그 밖의 다른 다양한 젠더들도 포괄할 수 있게 된다. 하지만 이제 독일 사회가 젠더와 언어의 관계에 대해 깊이 성찰하고 많은 논쟁을 벌이고 있는 만큼, 모든 것을 이러한 성찰과 논쟁이 있기 전으로 되돌리기는 어렵다는 것을 다와다도 인식하고 있다. 이러한 점에서 다와다는 앞으로 젠더와 관련해 전개될 언어적 변화에 적극적으로 개입하기보다는 오히려 지켜보려는 입장을 취한다. 다만 아직까지는 자신의 작품에서 젠더 중립적 표현이나 젠더 별표를 사용하지 않는 것으로 미루어, 다와다 스스로 자신이 '젠더 에스페란토어'

라고 부른 신조어의 사용 같은 현재의 새로운 표기법에 다소 거리를 두고 있음을 알 수 있다.

또한 다와다는 독일어에서 확고하게 자리 잡은 '그er'와 '그녀sie' 같은 명칭을 일본어와의 비교를 통해 뒤흔들며 그 자명성을 문제 삼기도 한다. 다와다는 일본어에서는 고유명사를 반복하거나, '이 사람', '그분' 같은 3인칭 대명사로 젠더 중립적인 표현을 많이 사용하고 있고, '그'와 '그녀'는 여러 선택지 중 하나일 뿐임을 강조한다. 이처럼 다와다가 어느 한 지역에서 보편적인 것으로 내세워지는 것을 뒤흔드는 방식으로, 첫 번째 시학 강의에서 살펴본 것처럼 과거로 거슬러 올라가는 계보학적 방식 외에도, 상호문화적 관점에서 언어와 문화를 비교하는 방식이 있다.

흥미로운 것은 다와다가 독일 작가 바르바라 쾰러의 시를 예로 들어 문학의 영역에서 벌어지는 다양한 언어 실험과 이와 관련된 젠더 문제를 성찰하는 방식이다. 독일어에서는 3인칭 여성 단수를 지시하는 인칭대명사인 'sie(그녀)'와 3인칭 복수 인칭대명사인 'sie(그들)'의 형태가 같다. 아무리 라틴 문자의 수가 중국 문자의 수에 비해 적다고 해도, 인칭대명사를 구분하지 못할 정도로 부족하지는 않은데 왜 서로 다른 두 대명사를 같은 단어로 표기했냐는 것이 다와다의 의문이다. 다와다는 이에 대한 일종의 답변을 쾰러의 시에서 찾았다고 믿는다. "그녀는 여럿이다. 그들은 하나다 Sie ist viele. Sie sind ein." 하나라고 믿었던 '내' 안에 다양한 주체성이 숨어 있고, 역동적으로 변화하는 그러한 주체성들이 '하나'를 이룬다면, 그 속에서 단수와 복수, 남성과 여성의 구분은 사라진다. 이 시에서는 남성 중심적인 생각을 지닌 '그'가 자신을 하나의 자아인 1인칭 단수 '나'로 의식하는 반면, 이러한 자아의식을 갖지 못한 '그녀'는 명확히 포착될 수 없지만 다양하게 자신을 넓혀나갈 수 있는 '비자아'로 존재한다. 그 속에서 그녀는 '여럿이자 하나'가 되는 것이다. 이러한 그녀는 남성인 '그'와 구분되는 개인으로서의 '그녀'가 아니라, 그 자체로 다원성을 지니는 들뢰즈와 가타리가 말하는 의미에서의 '다양체'다. 이러한 자유로운 문학 텍스트에서 화자는 언어적 규범의 속박에서 벗어나 자신을 1인칭이 아닌 3인칭으로 부를 수 있고, 단수가 아닌 복수가 될 수도 있다. 어쩌면 다와다는 젠더와 관련해 복잡한 신조어를 사용함으로써가 아니라, 문학을 통해 기존 언어를 사용하면서도 그것과 유희함으로써 그 언어를 전복하려는 것인지도 모른다.

세 번째 시학 강의는 '젠더와 옷'에 관한 내용을 다룬다. 데이비드 에버쇼프의 동명 소설에 기반한 영화 〈대니쉬 걸〉에는 화가 부부인 에이나르와 게르다가 주인공으로 등장한다. 어느 날 아내인 게르다는 여성 모델이 사정 때문에 오지 못하자, 남편에게 대신 드레스를 입고 그림 모델이 되어달라고 부탁한다. 젠더는 본질적 특성이 아니라 수행을 통해 형성되는 것이라는 버틀러의 주장처럼, 에이나르 역시 이 드레스를 입고 난 뒤로 점점 자신의 성 정체성의 혼란을 느끼다가 결국 자신을 여성으로 느끼고 릴리라고 부르게 된다. 그런데 버틀러가 젠더의 수행성을 강조하며 옷이나 말, 행동을 통해 형성된 젠더 정체성이 사실은 구성된 것에 불과함을 강조한 것과 달리, 에이나르는 여성의 몸동작을 따라 하고 화장하거나 여성복을 입으면서 형성된 젠더를 자신의 본질적인 성 정체성으로 인식한다. 이에 따라 그녀는 자신이 느끼는 성 정체성과 생물학적인 신체 간의 불일치를 해소하기 위해 성전환 수술을 결심한다. 그런데 여기서 눈에 띄는 것은 자신을 릴리라는 여성으로 인식하는 에이나르가 이전의 화가 활동을 완전히 포기하고, 자신을 여성처럼 꾸미며, 남성과의 행복한 결혼을 꿈꾸는 전통적인 여성상에 자신을 맞추려 하는 모습이다. 에이나르는 자신이 본질적인 여성이라는 생각이 사실은 사회적으로 구성된 것에 불과하다는 사실을 전혀 인식하지 못한다.

이 작품과 관련해 다와다는 또 다른 흥미로운 통찰을 제시한다. 이 영화에서 성 정체성의 혼란을 겪는 인물은 릴리로 변한 에이나르이지만, 그의 아내인 게르다 역시 사실은 복잡한 성 정체성과 섹슈얼리티를 드러낸다는 것이다. 겉으로 보기에는 게르다가 이성애자로서 언제나 남성만을 사랑한 것처럼 보이지만, 사실 그녀가 욕망하는 것이 남성인지, 여성인지 아니면 여성이 되기를 소망하는 남성인지 명확하지 않다. 이처럼 그녀의 젠더 정체성은 유동적이고 다층적이다. 다와다는 이러한 게르다의 상황이 특수하지 않으며, 사실 우리는 모두 게르다처럼 복잡하고 다층적인 젠더 정체성을 지니고 있음을 강조한다.

에이나르가 여성적 정체성을 갖기 전에는 덴마크의 자연 풍경을 즐겨 그렸는데, 다와다는 그것이 강압적이고 폭력적인 사회적 젠더 규범에서 벗어나기를 원하는 그의 소망을 표현하고 있다고 해석한다. 그가 그린 그림에서는 단단한 땅과 물의 경계가 분명하지 않고 그 이행이 자연스러운데, 이처럼 성별의 구분과 경계가 없는 자연 풍경은 사회적으로 규정된 젠더 정체성으로부터 벗어나려는 에이나르의 열망을 반영한다.

다와다는 옷과 젠더의 관계를 1920년대 유럽뿐만 아니라, 현대 일본 사회를 통해서도 살펴본다. 다와다가 살펴보는 후즈키 유미의 시 제목은 "소라 오마토우(사람이 자신의 몸에 하늘을 두른다)"인데, 이는 사람이 풍경을 마치 옷처럼 걸치고 있음을 의미한다. 다와다는 강과 언덕은 대부분의 옷과 달리 성별 구분이 없다고 말하는데, 이는 에이나르의 그림에 나타난 젠더적 경계 소멸의 풍경과 비슷하다.

다와다는 자신이 어린 시절 입어야 했던 교복을 애벌레 시기 매미의 낡은 껍질에 비유한다. 매미는 성충이 되면 그러한 허물을 벗고, 날개를 달고 자유롭게 하늘을 날 수 있게 된다. 다와다는 자신이 어쩔 수 없이 입어야 했던 교복에는 남녀 성별을 엄격히 구분하며 하나의 성별을 강요하는 젠더 고정관념이 새겨져 있었음을 강조하고, 오늘날 이러한 젠더 이분법적으로 규정된 교복 착용에서 벗어나려는 시도가 일본에서 일어나고 있음을 언급한다.

다와다에 따르면, 인류는 여자아이나 남자아이 같은 구분을 알지 못했던 아주 오래전에는 자신의 몸을 부드러운 천으로 감싸고 있었다. 이처럼 성별의 구분을 알지 못하는 부드럽고 폭이 넓은 옷을 날개처럼 몸에 걸칠 때, 인간은 젠더에 대한 고정관념에서 벗어나 더 자유로워질 수 있을 것이다. 버틀러의 말처럼 옷을 입는 것이 젠더를 수행하는 것이라면, 다와다는 그것을 어떻게 입느냐가 중요하다고 생각한다. 왜냐하면 의복 착용은 단순히 젠더 정체성을 허구적으로 구성하는 것만을 의미하지 않으며, 오히려 젠더에 대한 고정관념에서 벗어나 자유롭게 다양한 젠더 정체성을 누릴 수 있는 장을 열어주기 때문이다.

마지막으로 네 번째 시학 강의의 제목은 '거주할 수 없는 다양성'이다. 제목에서 짐작할 수 있듯이, 이 강의에서는 '젠더 다양성'이 주제로 다루어진다. 다와다는 젠더 다양성을 본격적으로 다루기에 앞서, 먼저 '다양성'이라는 개념 자체가 무엇을 의미하는

지에 대해 생각해본다. 예를 들어 뉴욕 같은 대도시에는 다양한 문화가 공존하고 있다고 하는데, 여기서 다양성은 흔히 아프리카인, 아시아인, 유럽인, 라틴 아메리카인이 상이한 비율로 뒤섞여 살고 있음을 뜻한다. 그런데 다와다는 과연 뉴욕에 사는 아시아인은 아시아 음악만 듣고 연주하고, 아프리카인은 아프리카 음악만 듣고 연주하냐고 물으면서, 사람들이 습관적으로 말하는 문화적 다양성이 사실은 민족적, 인종적 다양성을 의미하는 것이 아닌지 질문한다. 일본인은 스시만 만들어야 하고, 이탈리아인은 피자만 만들어야 하는 것은 아니다. 또한 일본인만 스시를 만들 수 있고, 이탈리아인만 피자를 만들 수 있는 것도 아니다. 누구나 전 세계의 음식을 요리할 수 있고, 다양한 음식 문화를 창조하는 데 기여할 수 있다.

다양성 개념에는 종종 그 다양성을 이루는 각각의 요소가 특정한 정체성을 지닌다는 생각이 전제되어 있다. 다시 말해, 확고한 개별적 정체성을 지닌 요소들이 합쳐져 다양성을 이룬다는 것이다. 이러한 생각은 젠더 다양성을 언급할 때도 동일하게 적용된다. 오늘날 남녀 이분법과 이성애 중심주의에 맞서 다양한 젠더 정체성과 섹슈얼리티가 제시되고 있다. 이와 관련해 L, G, B, T, Q 같은 새로운 젠더 정체성이 제시되며, 젠더 다양성을 포용하는 사회로 나아가야 한다고 주장하는 사람들이 늘고 있다.

그런데 다와다는 이러한 새로운 젠더 정체성들이 양적인 다양성을 가져다주기는 했지만, 또한 여러 가지 문제점을 수반하고 있다는 점도 지적한다. 가령 트랜스젠더 중에는 동성애 혐오증 때문에 성전환 수술을 감행하고 나중에 후회하는 사람들도 있다. 생물학적 여성이지만 자신이 동성인 여성을 좋아한다는 사실을 인정할 수 없어 남성으로 성전환 수술을 한 경우에도, 실제로는 그 사람이 자신을 남성이라고 느끼지 않는 경우도 적지 않다는 것이다. 그런데 다와다는 사람들이 자신의 젠더를 L, G, B, T, Q 같은 범주에 귀속시키고 특정한 젠더 정체성을 지닐 것을 요구하며, 이를 다양성으로 잘못 알고 있는 경우가 많다고 비판한다. 다와다에 따르면, 한 인간의 젠더 정체성은 유동적이고 다층적이어서 시간의 흐름과 상황의 변화에 따라 얼마든지 달라질 수 있다. 개개인은 결코 확고한 하나의 젠더 정체성을 지니는 것이 아니라, 이질적이고 다양한 젠더 정체성을 펼칠 잠재성을 자신 안에 내포하고 있다는 것이다. 이러한 맥락에서 다와다가 말하는 다양성이란 동질적인 요소들의 집합으로서의 양적인 다양성이 아니라, 이질적인 요소들이 잠재적으로 공존하는 동시에 역동적으로 생성되며 발생하는, 들뢰즈와 가타리가 말하는 의미에서 '다양체'를 의미한다.

다와다는 우리의 신체를 다양한 젠더들이 거주할 수 있는 집이 아니라, 어떤 것도 붙잡아두지 않은 채 매번 무언가를 수행하고 표현하는 퍼포먼스의 공간으로 간주한다. 만일 몸을 젠더가 거주할 수 있는 장소로 본다면, 그러한 젠더가 맞지 않는다고 생각될 때 몸을 집처럼 개조하는 성전환 수술을 해야 할 것이다. 반면 몸을 수행적인 퍼포먼스의 장소로 본다면, 몸은 매번 특정한 상황에서 자신을 수행하며 다양한 젠더 정체성을 펼쳐나간다. 그러한 수행은 버틀러가 말한 의미에서 단순히 허구적 구성성을 의미하기보다는, 자신에게 잠재된 다양한 젠더 정체성을 펼쳐나가는 긍정적 실천을 의미할 것이다. 이러한 맥락에서 다와다는 이렇게 말한다. "어떤 젠더도 제게 꼭 들어맞는 집이 될 수 없어요. 저는 그 집 안에서 평생을 보내고 싶지도 않아요."

다와다는 다양한 젠더 정체성들이 잠재해 있는 혼종적 존재로서의 혀를 젠더적 속박에서 풀어 자유롭게 춤추며 움직일 수 있도록 해주고자 한다. 이러한 '혀 체조'는 새로운 '젠더 논쟁'을 불러일으키기 위함인지도 모른다. 다와다는 그러한 논쟁을 우리가 정체성에 대한 강요와 몸에 대한 속박에서 벗어나 진정으로 자유로워지기 위해 반드시 필요한 것으로 여긴다.

끝으로 번역을 마친 소회를 간단히 밝히며 이 글을 맺을까 한다. 지난번에는 내가 출판사에 제안해 다와다 요코의 『변신』을 번역하게 되었는데, 이번에는 출판사에서 내게 『젠더 논쟁을 위한 혀 체조』 번역을 제안해주었다. 하지만 번역 제안을 받기 전부터, 언젠가 다와다의 책을 번역하게 된다면 반드시 이 책을 번역하겠다고 마음먹고 있었다. 그런 터라 이번 제안을 흔쾌히 수락했다. 이 책의 번역이 쉽지만은 않았다. 특히 다와다가 인용한 실험적인 산문 텍스트나 시의 번역이 매우 힘들었는데, 그래서 마지막 순간까지 다듬고 또 다듬었다. 그 과정에서 번역은 곧 해석이라는 사실을 새삼 실감했다. 번역한 뒤에 해석이 이루어지는 것이 아니라, 이미 번역의 과정에서 해석이 개입한다. 바로 이 점에서 인공지능의 기계적 번역이 결코 완벽할 수 없음을 깨달았고, 동시에 번역자로서의 역할을 다시 인식하게 되었다.

책의 번역은 결코 번역자 한 명의 노력으로 완성되지 않는다. 이번에도 편집자의 꼼꼼한 수정과 편집으로 좀 더 매끄럽고 완성도 있는 번역이 이루어질 수 있었다. 이번으로 세 번째 같이 작업하고 있는 이희도 편집자님께 그동안의 노고에 진심으로 감사드린다. 또한 여러 차례 내 저서와 역서의 출간을 허락해주신 김명희 이사님께도 감사의 마음을 전하고 싶다. 『젠더 논쟁을 위한 혀 체조』는 세창출판사에서 새롭게 기획한 문학 브랜드인 '미간행본'의 첫 번째 책으로 출간된다. 첫 번째 책으로 제 역서를 선정해주신 것을 감사하게 생각하며 부디 '미간행본'이 지금까지 빛을 보지 못한 보석 같은 책들을 잘 찾아내어 세상에서 반짝반짝 빛날 수 있기를, 그리고 세상을 아름답게 비출 수 있기를 바란다. 아울러 이 책이 독자 여러분께 오래 기억되는 책이 되기를 바라며, 많은 사랑과 관심을 부탁드린다.

210

주

1 Magnus Hirschfeld, *Weltreise eines Sexualforschers im Jahre 1931/32*, Frankfurt/M 2006, S.73.

2 Banana Yoshimoto, *Tsugumi*, Original 1989, deutsche Übersetzung 2006 Zürich.

3 Anne Duden, *Der wunde Punkt im Alphabet*, Berlin 1995, S.79~80.

4 같은 책, 83쪽.

5 같은 책, 77쪽.

6 같은 책, 38쪽.

7 같은 책, 33쪽.

8 Barbara Köhler, *Niemands Frau*, Frankfurt/M 2007, S.10.

9 같은 곳.

10 같은 책, 11쪽.

11 Ernst Jandl, *Gesammelte Werke*, Darmstadt und Neuwied 1985, Zweiter Band, 322쪽.

12 같은 곳.

13 Lann Hornscheidt, Ja'n Sammla, *Wie schreibe ich divers? Wie spreche ich gendergerecht*, Insel Hiddensee 2021.

14 같은 책, 31쪽 참조.

15 Barbara Köhler, *Niemands Frau*, S.22.

16 같은 책, 23쪽.

17 David Ebershoff, *Das dänische Mädchen*, deutsche Übersetzung von Werner Schmitz, München 2016, S.12.

18 같은 곳.

19 같은 책, 15쪽.

20 같은 책, 20쪽.

21 같은 책, 12~13쪽.

22 Magnus Hirschfeld, *Berlins drittes Geschlecht. Das homosexuelle Leben um das Jahr 1900*, e-artnow, 2008, S.12.

23 같은 책, 13쪽.

24 David Ebershoff, *Das dänische Mädchen*, S.20.

25 若桑 みどり 他編, 『「ジェンダー」の危機を超える!』, 青弓社, 2006, p.38.

26 双風舎編集部 編, 『バックラッシュ! なぜジェンダーフリーは叩かれたのか?』, 双風舎, 2006, pp.104~105.

27 같은 책, 114쪽.

28 2008년 6월 22일 자 기사 중.

작품 목록

독일에서 출간된 책

1987   시·산문집 『네가 있는 그곳에만 아무것도 없다Nur da wo du bist da ist nichts』

1989   중편소설 『목욕탕Das Bad』

1991   시·산문집 『Europa가 시작되는 곳Wo Europa anfängt』

1993   중편소설 『손님Ein Gast』

희곡집 『밤에 빛나는 학 가면Die Kranichmaske die bei Nacht strahlt』(그라츠 초연, 함부르크와 베를린 순회공연, 뉘른베르크에서 새로운 연출)

1994   소설집 『여행 중인 오징어Tintenfisch auf Reisen』

1996   산문집 『부적Talisman』

1997   시집 『하지만 귤은 오늘 밤 안으로 훔쳐야 한다Aber die Mandarinen müssen heute abend noch geraubt werden』

희곡집 『계란 속의 바람처럼Wie der Wind in Ei』(그라츠 초연, 베를린 순회공연)

1998   튀빙겐대학교 시학 강의록 『변신Verwandlungen』

방송극본·희곡 『오르페우스와 이자나기, 틸Orpheus oder Izanagi, Till』(하노버 초연, 도쿄와 교토 순회공연)

2000 박사 학위 논문 『유럽 문학에 나타난 장난감과 언어 마술: 민족학적 시학Spielzeug und Sprachmagie in der europäischen Literatur: Eine ethnologische Poetologie』

연작소설집 『오비드를 위한 오피움: 여인 스물두 명의 베갯머리 책Opium für Ovid. Ein Kopfkissenbuch von 22 Frauen』

2002 산문집 『바다 너머 혀 넙치의 혀들Überseezungen』

CD 〈대각선diagonal〉 다카세 아키와의 공동 작업(음악이 곁들여진 낭독회)

2004 장편소설 『벌거벗은 눈Das nackte Auge』

2005 오페라 대본 『비는 우리 삶에서 무엇을 바꾸나요?Was ändert der Regen an unserem Leben?』

2007 산문집 『언어 경찰과 놀이하는 다언어인Sprachpolizei und Spielpolyglotte』

2008 장편소설 『보르도의 형부Schwager in Bordeaux』

2010 『목욕탕』(이중 언어 신판, 일본어 텍스트는 이 판본으로 처음 출판됨)

시집 『독일어 문법의 모험Abenteuer der deutschen Grammatik』

2012 함부르크대학교 시학 강의록 『낯선 물Fremde Wasser』

2013   희곡집 『내 짧은 발가락은 하나의 단어였다Mein kleiner
        Zeh war ein Wort』

2014   장편소설 『눈 속의 에튀드Etüden im Schnee』

2016   시·산문집 『Europa가 시작되는 곳·손님』(절판된 두
        권의 책을 한 권으로 만들어 새로 발간)
        에세이 『악센트 없이akzentfrei』
        산문시 『스쳐 지나가는 밤을 위한 발코니Ein Balkonplatz
        für flüchtige Abende』

2018   장편소설 『헌등사Sendbo-o-te』(페터 피르트너 번역)

2020   장편소설 『파울 첼란과 중국인 천사Paul Celan und der
        chinesische Engel』

2022   시·산문집 『팽이의 초상화Portrait eines Kreisels』

2023   밤베르크대학교 시학 강의록 보완 『젠더 논쟁을 위
        한 혀 체조Eine Zungengymnastik für die Genderdebatte』
        『성별의 피안에서Jenseits des Geschlechts』 이 책은 다와
        다 요코의 책들에 나타난 이 주제에 대한 학술적 글
        을 모은 단행본이다. (이리스 헤르만 편집)

최근 일본에서 출간된 책

2014   장편소설 『헌등사献灯使』

2017   산문집 『백 년의 산책 百年の散歩』

시집 『슈타이네 シュタイネ』

2018   장편소설 『지구에 아로새겨진 地球にちりばめられて』

단편집 『구멍 난 에프의 첫사랑 축제 穴あきエフの初恋

祭り』

2021   장편소설 『별에 어른거리는 星に仄めかされて』

작가 미상, 〈두 여인이 그려진 벽화Wall Fragment with Two Women〉, 1세기경, 로마

에드워드 번존스, 〈피그말리온 연작 3: 신의 불Pygmalion and the Image III: The Godhead Fires〉, 1868

젠더 논쟁을 위한 혀 체조

1판 1쇄 펴냄 2026년 2월 5일

—

지은이 다와다 요코

옮긴이 정항균

펴낸이 이병은

편집 이희도   **디자인** 양혜진

—

펴낸곳 미간행본

등록 2025년 4월 9일 제2025-000044호

주소 03736 서울특별시 서대문구 경기대로 58 경기빌딩 602호

전화 02-723-8660 팩스 02-720-4579 **이메일** editor@miganhangbon.com

트위터 @miganhangbon **인스타그램** @miganhangbon

—

ISBN 979-11-992454-0-2 03850

미간행본은 세창출판사의 문학 브랜드입니다.